Verlockung des Mondes: Vier Kurzgeschichten

Buch 2½
Die Wölfe der Twin Moon Ranch

Anna Lowe

Inhaltsverzeichnis

www.annalowe.de

Teil 1: Freund oder Feind

Lana Dixon mag das Herz ihres vom Schicksal vorherbestimmten Gefährten erobert haben, aber das war in Arizona. Nun nimmt sie ihren Wüstenwolf mit nach Hause, um ihn ihrer Familie vorzustellen – eingeschworenen Feinden seines Rudels. Wie weit wird sich ihr Gefährte treiben lassen, um sich als würdig zu erweisen? Und ist ihre Beziehung bereit für diese Probe?

Kapitel 1

In einem fremden Bett aufzuwachen, fühlte sich für Lana seltsam an. Dasselbe galt dafür, an der Ostküste aufzuwachen, obwohl sie nur zwei Jahre weg gewesen war. Aber zwei Jahre konnten einem wie ein ganzes Leben erscheinen. Zwei Jahre konnten alles verändern.

Sie lag unter der schweren Decke und lauschte den Geräuschen eines erwachenden Walds in New England. Draußen vor dem Fenster zwitscherte eine Meise – einmal, zweimal. Schon komisch, wie schnell sich ihre Ohren an das hektische Flattern eines Kolibris statt die Laute eines Waldbewohners gewöhnt hatten.

Was sie früher als Norm empfunden hatte, war zu einer Erinnerung geworden – wie frische Morgen in den Bergen, das Geräusch von Tannennadeln auf dem Dach einer Hütte und das hohle Gefühl, allein aufzuwachen. Es war schön, in die Berkshires zurückzukehren, aber ein Teil von ihr wollte bereits ungeduldig wieder nach Hause. Nach Arizona, wo sie einen Gefährten gefunden hatte, der ihr mehr gab, als sie je zu wünschen gewagt hatte. Liebe, so umfassend und wahr wie die Wüste. Ein neues Leben und einen neuen Sinn darin. Eine Zukunft. Seufzend schmiegte sich Lana enger an ihren Gefährten.

Weiche Lippen streiften die ihren, und sie murmelte zur Antwort. Wie immer wurde ihr Körper unter Tylers Berührungen prompt lebendig. Sie streckte gemächlich die Glieder, bevor sie sich um ihn schlang. Zwei Jahre hatten die Leidenschaft nicht gedämpft, die sich bei jeder Berührung wie eine Naturgewalt aufbäumte.

„Mmmm", war alles, was sie herausbekam, bevor Tyler sie mit einem weiteren Kuss überfiel. Einem innigen, besitzergreifenden Kuss, der ihr versprach, dass der Tag auf die bestmögliche Weise beginnen würde. Seine Hände wanderten über ihre Rippen und brachten ihren Körper zum Jubilieren wie einen Vogel am ersten Frühlingstag.

„Hmmm", murmelte er zurück und klemmte sich ihre Unterlippe zwischen die Zähne.

Sobald sie diese Hütte verließen, würden seine Lippen eine harte, schmale Linie bilden. Vorerst jedoch waren sie weich und voller Erkundungsdrang. Lanas Hände strichen über die definierten Erhebungen seiner Brust, während sie gleichzeitig ein Bein über seine Hüfte hievte. Tyler besaß die Gabe, allein mit seiner grollenden Stimme loderndes Verlangen in ihr auszulösen.

„Guten Morgen, Liebster", brummte sie an seinem Mund.

„Ja, es ist ein guter Morgen." Seine Nase wanderte ihren Hals hinab.

Vorfreude breitete sich in ihr aus. Die Weichen schienen tatsächlich für einen sehr guten Morgen gestellt zu sein. Dann erinnerte sie sich an seine Verletzungen und fuhr behutsam mit der Hand über seine Rippen. „Wie geht es den Blutergüssen?"

„Die von denen sind schlimmer als meine", erwiderte Tyler mit knurrendem Unterton.

Lana lachte, und sogar ihr Gefährte konnte sich ein schiefes Grinsen nicht verkneifen. Als Tyler und sie am Vortag in ihrem Heimatort eingetroffen waren, hatten ihre Geschwister ihren neuen Schwager mit einer Partie Lacrosse begrüßt – und es war nicht zimperlich zugegangen.

Lana hatte sich zu Recht darüber gesorgt, was für einen Empfang ihr Stammrudel Tyler bereiten würde. Wenigstens hatten die bewaldeten Hänge der Berkshires sie freundlich begrüßt und dieses für New England zu Beginn des Frühlings typische Gefühl der Verheißung ausgestrahlt. Der Empfang des Rudels war weniger herzlich ausgefallen.

Ihr Heimatort war ein Weiler in einem abgelegenen Tal, weit entfernt von den Skigebieten, den Sommerfestivals und den urigen Frühstückspensionen der touristisch erschlossenen Berkshires. Lanas Vater, Nate Dixon, war Alpha von dreihundert Gestaltwandlern, die das Dorf Miscoe als Zuhause bezeichneten, obwohl die meisten in dichter besiedelten Teilen des Staats lebten und arbeiteten. Auf dem Dorfanger versammelten sie sich bei Vollmond und bei besonderen Anlässen – wie gestern. Alle schienen nach Hause geströmt zu sein, um sich Lana und ihren neuen Gefährten anzusehen. Nicht allzu leise tuschelnd nannten sie ihn den Wüstenwolf.

„Alles gut?", hatte Lana aus dem Mundwinkel zu ihm geraunt, als sie angekommen waren und sich dem argwöhnischen Empfang gestellt hatten.

„Bestens", hatte Tyler zurückgebrummt und sich am Ohr gekratzt.

An der Stelle verflocht sie die Finger mit seinen, dann streckte sie sich, um mit den Lippen beruhigend über sein Ohr zu streichen. „Es wird alles gutgehen."

Der Blick, mit dem er sie bedachte, besagte: *Natürlich wird alles gutgehen.*

Allerdings durchschaute sie die Fassade. Zu Hause hatte sich Tyler tausendfach bewährt, nur befand er sich gerade zum ersten Mal weiter östlich als Texas. Hier würde er sich erneut beweisen müssen, noch dazu vor seiner Schwiegerfamilie. Seit sie Arizona verlassen hatten, verhielt er sich unruhig und kratzte sich ständig am Ohr, was er schon lange nicht mehr gemacht hatte. Lana fragte sich, ob es ein Fehler gewesen sein könnte, ihn hierherzuschleppen. Hier war er nicht in seinem Element, musste sich mit anderen Sitten und einer anderen Landschaft auseinandersetzen. Sogar die Gestaltwandler waren anders: Neben Wölfen gab es auch Biber, Elche und Vielfraße. Früher hatte sogar ein Clan von Sasquatch-Gestaltwandlern irgendwo nördlich des Rudelgebiets gelebt. New England war eine völlig andere Welt.

Man hätte eine Stecknadel fallen gehört, als sie Tyler ihren Eltern vor deren Haus vorstellte. Und der erste Händedruck zwischen Nate Dixon und Tyler Hawthorne vermittelte die Herzlichkeit und Aufrichtigkeit zweier Baumstämme, die ein Orkan zueinander beugte. Nicht so sehr wegen der Fehde zwischen Tylers und Lanas Vater, sondern weil die erste Begegnung zweier Alphas immer angespannt ausfiel. Vor allem, wenn der jüngere Mann den Duft der Tochter des älteren Alphas wie ein provokantes Eau de Cologne trug. Wenig hilfreich war dabei, dass Dutzende neugierige Rudelmitglieder Tyler wie einen ausländischen Zuchtbullen musterten. Unter den Männern hatte sich argwöhnische Stille ausgebreitet. Von den jüngeren Frauen gingen eher Laute aus, die nach einem verträumten Seufzen klangen.

Zum Glück verging der Moment mit dem steifen Händedruck, ein paar gemurmelten Worten und schwerer Stille dazwischen. Aber das war nur die erste der Prüfungen, die Tyler über sich ergehen lassen musste. Die zweite folgte auf den Fuß.

„Lasst das Spiel beginnen!", verkündete Lanas Bruder Len mit einem schelmischen Grinsen.

Lacrosse war der Lieblingssportart ihres Stammrudels. Sie alle waren mit einer hemdsärmeligen Version des Spiels aufgewachsen, die ihre inneren Wölfe ansprach. Schnell wurde klar, dass Lanas vier Brüder darauf abzielten, den Wüstenwolf in die Schranken zu weisen. Lana nahm ihre Position im rechten Mittelfeld ein und war gespannt, wie das Spiel verlaufen würde. Männer und Stöcke bildeten eine gefährliche Kombination. Und aufgebrachte Alphas, die ihr Gebiet verteidigen wollten, konnten geradezu tödlich sein, wenn sie gereizt waren.

Und das waren sie unbestreitbar.

Das erste Viertel war für Tyler nicht gut gelaufen, obwohl sich Lana bemüht hatte, dafür zu sorgen, dass es einigermaßen regelkonform blieb. Er hatte mehrere Treffer erlitten – einen Stock in die Rippen, einen Ellbogen gegen das Kinn und ein Knie in die Nieren. Als ihr Team mit null zu zwei zurücklag, brodelte er wie ein Vulkan kurz vor dem Ausbruch.

Aber schon im zweiten Viertel bekam Tyler den Bogen raus. Seine Stockarbeit erwies sich zwar als etwas schlampig, dafür besaß er ein angeborenes Talent für kräftige Bodychecks. Lanas Bruder Lou hatte er fliegend über die Endlinie befördert, und Neal war zur Halbzeit vom Feld gehumpelt, hatte praktisch die weiße Fahne gehisst.

„Komm zurück, du Weichei!", riefen Len und Lou ihm nach.

„Könnt ihr knicken, Leute. Meine Gefährtin mag mich in einem Stück", antwortete Neal.

Lana warf einen Seitenblick zu Tyler. Obwohl er die Lippen immer noch zu einem Knurren zurückgezogen hatte, entdeckte sie in seinen Gedanken ein Schmunzeln.

Ich glaube, das Spiel gefällt mir.

Lana lächelte. *Habe ich dir ja gesagt. Denk nur daran, dass sie meine Brüder und Rudelkameraden sind. Versuch, nach Möglichkeit niemanden zu verstümmeln.*

Ich werde mich bemühen, brummte er ohne große Überzeugung.

„Ty!", sprach sie laut aus.

Er zuckte mit den Schultern. *Sie sind Gestaltwandler. Die heilen wieder.*

Das Spiel endete mit einem Drei-zu-zwei-Sieg für Tylers und Lanas Team und allen mehr oder weniger in einem Stück. So rau es zugegangen war, es erwies sich als wirkungsvoll dabei, das Eis zu brechen. Das anschließende Abendessen im Haus ihrer Tante verlief gut. Die Frauen führten eine unverbindliche Unterhaltung, während die Männer – größtenteils – darauf verzichteten, mit ihren Blicken Dolche aufeinander abzufeuern.

Lanas Mutter Laura jedoch hatte Tyler immer wieder mit einer Mischung aus Angst und Verwunderung angestarrt. Er war seinem Vater – Lauras ehemaligem Geliebten – wie aus dem Gesicht geschnitten. Sie hatte ihn für die wahre Liebe und ein besseres Leben an der Ostküste verlassen. Da Lana mittlerweile Tylers Vater kennengelernt hatte, konnte sie die Anspannung ihrer Mutter nachvollziehen. Auch ihr Vater saß in steifer Pose und mit lodernden Augen da. Ihre Eltern dazu zu bringen, Tyler zu akzeptieren, würde sich schwieriger gestalten, als Lana es sich vorgestellt hatte. Aber was konnte sie schon tun?

Kapitel 2

Eigentlich war es unfair, denn Tyler ähnelte so gar nicht seinem überheblichen Vater. Er war ein guter Gefährte: freigiebig, liebend, treu. Sogar zärtlich, wenn sie allein waren. Was auf der Ranch nicht oft genug vorkam, denn das Rudel schien ständig zu den ungünstigsten Zeiten anzuklopfen. Nicht zuletzt deshalb hatte sich Lana auf diese Reise gefreut – eine Pause von den Pflichten eines Alphas und eine Gelegenheit, einfach ein gewöhnliches, glückliches Paar zu sein.

Und genau das waren sie an diesem wunderbaren Frühlingsmorgen. Tyler und sie aalten sich im warmen Kokon der Laken, fernab von Pflicht und Verantwortung. Lana betastete die Stelle an seiner Seite, wo sich der schlimmste Bluterguss befunden hatte. Tyler zuckte mit keiner Wimper. Er hatte natürlich recht gehabt. Gut, dass Gestaltwandler verstärkte Heilkräfte besaßen.

Tyler musste Ähnliches durch den Kopf gegangen sein. „Deine Brüder spielen hart." Seine Augen funkelten. „Du übrigens auch."

„Du weißt ja, wie das ist. Gib einem Alpha einen kleinen Finger, und er nimmt sich die ganze Hand." Sie lächelte, als sie an all ihre unbegründeten Ängste davor zurückdachte, sich mit einem so starken Mann wie Tyler zu paaren. Trotz aller rohen Kraft, die in ihm steckte, behandelte er sie wie eine Gleichgestellte, eine Partnerin. Nicht nur wie jemanden, den er schätzte und beschützte, sondern wie eine Vertraute und Beraterin.

Derzeit jedoch besagte der Ausdruck in seinen Augen eher *Geliebte* und *Gefährtin*. Sie zog die Decke über ihre Schultern und streichelte erneut forschend über Tylers Oberkörper. Diese

Muskelschichten wirkten immer straff, doch in dem Moment fühlte sie nur die richtige Art von Härte in seinem Körper.

„Würdest du dich anders verhalten, wenn deine Schwester einen neuen Gefährten mit nach Hause brächte?" Sie kicherte, während sich nach und nach Lust zwischen ihren Beinen ansammelte.

„Oh, ich würde ihn bloß zu einem netten kleinen Ausritt mitnehmen." Tyler strich zart mit der Hand über ihre Seite, womit er sie zum Schnurren brachte. „Du weißt schon, mit einem unserer besten Pferde. Diablo oder Faust."

Lana lachte laut auf, als er die wildesten Broncos der Ranch erwähnte. Auf keinem der beiden hatte sich jemals jemand länger als fünf Sekunden gehalten.

Auch Tyler lachte, und sie brannte sich das Geräusch ins Gedächtnis wie den Ruf eines seltenen Vogels.

„Danke, dass du mitgekommen bist", sagte Lana und wurde wieder ernst. Diese Reise hatten sie von langer Hand geplant. „Das hast dich im Umgang mit allen wirklich gut gemacht." Lana ergriff Tylers Gesicht und strich mit den Daumen über die Stoppeln an seinem Kinn. Was sich so gut anfühlte, dass sie sich für einen Kuss vorbeugen musste.

Tylers Lippen spielten an ihrem Hals entlang. Seine Finger glitten zart über ihre Brüste, bis sich Lana sehnsüchtig seinen schwieligen Handflächen entgegenwölbte. Langsam ließ sie das Bein an seinem Oberschenkel höher wandern und schob die Hüften gegen seine.

Lana bemühte sich, ihr Stöhnen als nicht ganz so schamloses Seufzen zu tarnen und scheiterte daran kläglich, was ihren Gefährten zum Schmunzeln brachte. Die unverkennbare Härte einer Erektion drückte gegen ihren Bauch, also begab sich ihre Hand in tiefere Gefilde.

„Keine blauen Flecken hier?", zog sie ihn auf.

Tyler ließ ein belegtes Lachen vernehmen. „Nicht dort, wo es darauf ankommt, meine Süße." Damit rollte er sich herum und fixierte sie unter seinem Gewicht. Sein Körper strahlte die Lust roher Begierde aus. Er knetete die weichen Erhebungen ihrer Brüste, während sie die Finger um seinen Schaft schloss.

Dann war es Tyler, der ein Stöhnen zu unterdrücken versuchte, während Lana triumphierend kicherte.

„Das war ein Schnurren." Tyler rollte sich zur Seite, um ihr besseren Zugang zu ermöglichen.

„Ich dachte, Wölfe schnurren nicht."

„Dieser schon."

Der Laut vibrierte durch seine Brust und in ihren Körper, wo er eine Flut von Empfindungen auslöste. Eine Berührung, ein Wort von ihm, und sie würde um Erlösung flehen. Trotz all des Wahnsinns in der Welt fühlte sich immer alles besser an, wenn sie sich auf ihren Gefährten konzentrierte, auf seinen Körper, seine Liebe.

Er besaß die Gabe, ihr das Gefühl zu vermitteln, sie wäre eine größere, klügere und schönere Version ihrer selbst. Und vielleicht stimmte es ja. Danach zu urteilen, wie ihre Eltern, Geschwister und alten Freunde gestern geglotzt hatten, schien es durchaus möglich zu sein. Hatte sie sich in zwei Jahren so sehr verändert? Oder verblüffte sie nur, dass ein schlichter Wildfang wie Lana einen Mann wie Ty als Gefährten abbekommen hatte?

„Stell dir nur vor... " Sie schlang die Finger um seine steife Länge und schloss sie langsam zur Faust. „Keine Rudelmitglieder, die unangekündigt hereinplatzen. Keine dringenden Anrufe... "

„Keine dringend zu erledigenden Angelegenheiten." Er schloss die Augen und genoss das Vergnügen, das sie ihm bereitete. Diese Macht über ihn erregte Lana nach wie vor.

„Keine Notfälle." Sie fuhr mit der Zunge an seinem Ohr entlang.

Tyler grinste und hob in ihrem Griff langsam die Hüften. „Ich liebe Massachusetts."

Lana kicherte. Dann atmete sie scharf ein, als seine Hand ihre Brust ertastete und sie in den Nippel kniff. Ihre Beine wollten sich weiter spreizen und ihn aufnehmen, aber sie kämpfte gegen den Drang an. Es gab keinen Grund, dieses süße Vergnügen zu überstürzen. Immerhin hatten sie den ganzen Morgen Zeit.

Tyler schien derselbe Gedanke durch den Kopf zu gehen, denn er leckte träge, ungleichmäßige Kreise um ihre Brustwarzen, die sich im Takt ihrer Handbewegungen beschleunigten oder verlangsamten.

„Du, meine Gefährtin", brummte er, „verlässt dieses Haus erst, wenn du vor Befriedigung derart strahlst, dass es ganz New England sehen kann." Er schrammte mit den Bartstoppeln an seinem Kinn über ihren Hals und zeichnete sie mit seinem Duft.

„Der Großteil der Ostküste merkt, dass ich dir gehöre, da bin ich mir ziemlich sicher." Sie führte seinen Kopf dorthin zurück, wo sie ihn haben wollte, und ihr gesamter Körper wand sich vor Lust. Der Mann wusste genau, wie er sie um den Verstand bringen konnte, wann er härter rangehen und wann er sich zurücknehmen sollte.

Als Tyler stärker an ihr saugte, blitzte alles weiß auf, und Hitze raste über ihre Haut. Als sie den Körper an seinen presste, verdüsterte sich sein Blick, und er schob sich ihr entgegen, füllte sie Zentimeter für Zentimeter aus.

„Oh", stieß sie stöhnend hervor und dehnte die Silbe über mehrere Herzschläge aus. „Mehr."

Seine dunklen Augen hätten ein Haus bis auf die Grundmauern niederzubrennen vermocht, doch für Lana glichen sie einer Glut, die Flammen in ihr schürte, bis sie zu einem verzehrenden Inferno wurden.

„Sag es mir", verlangte er und zog sich zurück.

Lana liebte diese spezielle herrische Art. „Rein. Ty, komm wieder rein", bat sie stöhnend und hob die Hüften, um seine Rückkehr zu erzwingen.

Grinsend glitt er tiefer ins sie, und ihre Augen rollten nach oben. In einer Minute würde sie seinen Namen schreien. Gut, dass sich das Gästehaus ein Stück entfernt von den übrigen Gebäuden der kleinen Siedlung befand.

„So?", brummte er ihr ins Ohr.

„Genauso", hauchte sie und hob die Beine höher, bis der Winkel richtig war. Höher, höher... da. Auch Tyler konnte es fühlen, denn er atmete scharf ein und legte den Kopf in den

Nacken, um den Moment zu genießen. Lanas Seele jauchte über die Macht, die sie über ihren Mann besaß.

Und dabei hat er noch gar nichts erlebt, meldete sich kichernd die Wölfin in Lana, während sie die inneren Muskeln um seine Länge anspannte.

„Jetzt sag du es mir." Sie grinste, als er den Kopf zurückwarf und lustvoll stöhnte.

Dann jedoch klopfte es an der Tür, und draußen ertönten zwei piepsige Stimmen. „Tante Lana! Onkel Tyler!"

Prompt stöhnte Tyler in einem völlig anderen Ton und ließ den Körper bebend auf ihren sinken. „Mist."

Kacke, Kacke, Kacke. Lana warf einen Blick auf die Uhr am Nachttisch. Sieben Uhr morgens. Der verdammte Jetlag hatte ihr vorgegaukelt, sie hätte noch eine selige Stunde vor dem Treffen mit ihrer Nichte und ihrem Neffen hätte, um mit ihnen spazieren zu gehen, wie sie es am Vorabend versprochen hatte. Aber herrje: Brauchten Kinder nicht auch ihren Schlaf?

„Fünf Minuten", brachte sie seufzend so laut heraus, dass sie es draußen hören konnten. Vielleicht könnten Tyler und sie einen Zahn zulegen. Wenn schon nicht das gemächliche Liebesfest, das ihr vorstellte, dann zumindest ein Quickie. Um sich über die Zeit bis später zu retten.

„Du hast es versprochen!", erinnerten die Stimmen sie erbarmungslos und betonten es mit einem weiteren eindringlichen Klopfen.

Tyler vergrub das Gesicht im Kissen neben Lanas Kopf. „Ich hasse Massachusetts."

Sie ließ die Beine an seinem Körper hinabgleiten und blies langsam einen langen, niedergeschlagenen Atemzug aus. Und wenn es ihr noch so sehr widerstrebte, sich von Tyler zu lösen, sie wusste, die Kinder würden nicht locker lassen, bis sie bekommen würden, was ihnen versprochen worden war: einen Spaziergang im Wald mit ihrer exotischen Tante und ihrem genauso exotischen Onkel.

Sie seufzte und strich mit den Lippen über Tylers Ohr. „Tut mir leid, Liebster. Dein Fanclub verlangt nach dir."

„Dein Fanclub, meine Süße", entgegnete er in zerstreutem Ton.

In Wirklichkeit wirkten die Kinder ihnen beiden gegenüber ein wenig ehrfürchtig. Genau wie das halbe Rudel. Die andere Hälfte war misstrauisch, unentschlossen. Was würde nötig sein, um sie davon zu überzeugen, dass Tyler in Ordnung war?

„Ich mach's später wieder gut." Sie küsste sein Ohr und entlockte ihm damit ein flüchtiges Schnurren.

„Und ob du das wirst."

Kapitel 3

Lana setzte einen Ausdruck gezwungener Fröhlichkeit auf, als sie hinaus zu den Kindern und ihrer Schwester Nala gingen.

„Ist das nicht toll, Tante Nala? Wir gehen mit Tante Lana und Onkel Tyler spazieren!"

Lana wechselte einen amüsierten Blick mit ihrer jüngeren Schwester. Wie sie beide wussten, verschafften sie damit ihrem Bruder Neal und seiner Gefährtin eine Verschnaufpause von ihren lebhaften Welpen.

Trotz des Lärms der Kinder, als sie den Waldweg entlanghopsten, konnte Lana immer noch Tylers Grummeln hören. Er klappte den Kragen seines Flanellhemds hoch und schaute finster drein, während seine Stiefel über den morgendlichen Raureif knirschten.

Und die Leute leben hier, weil...

Lana warf ihm einen Blick zu. *Weil es in Arizona zu voll wäre, wenn alle dorthin zögen.*

Nach einem Brummen hob er sich ihre Nichte auf die Schultern. *Vielleicht sollten wir ein, zwei Tage früher nach Hause fahren.* Er übermittelte den Gedanken in Lanas Kopf, statt ihn laut auszusprechen. Dafür musste sie ihm Pluspunkte gutschreiben – der große, böse Alpha hatte ein wenig Taktgefühl gelernt.

Wir sind gerade erst angekommen, Ty.

Was, wenn es zu Hause ein Problem gibt?

Sie zuckte mit den Schultern. *Cody vertritt dich ja.*

Tyler übermittelte ein übertriebenes inneres Stöhnen. *Genau das meine ich.*

Komm schon. Er hat Lance und Kyle, die ihm helfen. Und Tina und deinen Vater.

Dad kann es kaum erwarten, dass er Mist baut, murmelte Tyler.

Du auch nicht.

Mitten im Schritt hielt er inne und starrte sie an.

Es ist so, beharrte sie. *Gib deinem Bruder eine Chance. Stell dir nur vor, wie viel mehr Zeit wir für uns hätten, wenn er dabei helfen könnte, den Betrieb zu leiten.*

Tylers Lippen wurden schmaler. Ja, dieselben vollen, weichen Lippen, die Lana zuvor geküsst hatten, zogen sich zurück. Dann duckte er sich unter einem tiefhängenden Ast hindurch und folgte weiter dem Waldweg. Lana würde sich später besondere Mühe geben müssen, um diese Lippen wieder in voller Pracht hervorzulocken.

Sie verbarg ein Grinsen. Der Teil könnte unterhaltsam werden.

Mittlerweile befanden sie sich tief im Wald, wo in den Senken noch Schnee lag und die Kälte irgendwie dichter und feuchter wirkte. Sie folgten einem gewundenen Pfad, der für Lana vor Erinnerungen strotzte. Zum Beispiel an die Zeit damals, als Len und sie ein Baumhaus in der Gruppe von Eichen dort gebaut hatten. Eines der Bretter konnte Lana noch zwischen den Ästen ausmachen. Oder einmal hatte sie einen Schatz – Schokogoldmünzen aus dem Tante-Emma-Laden – an dem großen Felsblock unter den Kiefern vergraben und musste später feststellen, dass Insekten sie gefressen hatten.

Bei den Erinnerungen wurde sie ein wenig sentimental. Andere fand sie weniger erbaulich. Etwa die Stelle zwischen den moosbewachsenen Baumstümpfen, wo sie früher mit hängendem Kopf gesessen und sich eingeredet hatte, es wäre völlig in Ordnung, allein zu sein. Schon damals hatte sie von roten Felsschluchten und meilenweiten Aussichten geträumt, als wäre sie für Arizona genauso bestimmt, wie sie es für Tyler war.

„Und freust du dich, zu Hause zu sein?", fragte Nala.

Ich kann's kaum erwarten, wieder abzureisen, hätte Lana gern geantwortet, beschränkte sich jedoch auf ein unverbindliches Brummen.

„Er kann so gut mit Kindern." Nala warf einen anerkennenden Blick zu Tyler.

Lana blinzelte. Tyler – ihr Tyler – gut mit Kindern? Beinah hätte sie gackernd aufgelacht. Tyler, der Vulkan? Tyler, der sexy Brummbär? Tyler, ihr Wüstenwolf?

Aber als sie ihn betrachtete... Nun, vielleicht hatte Nala ja recht. Die Kinder quiekten vor Vergnügen. An jedem seiner Arme baumelte eines, während er mit übertriebenen Gesten dahinmarschierte.

Und verdammt, bei dem Anblick ging ein Prickeln durch Lana.

Das Bild prägte sich ihr ins Gedächtnis: zwei Welpen, die Tyler als Klettergerüst benutzten, vollkommen unbeirrt von der rohen Macht, die er ausstrahlte. Sie vertrauten auf das Wissen, dass er seinen Schützlingen nie im Leben etwas antun würde.

Das Prickeln ging in ein Pulsieren über, als sie sich vorstellte, die Welpen wären ihre eigenen.

„Also... ", begann Nala verhalten und wartete, bis Tyler und die Kinder außer Hörweite vorausgegangen waren. „Ihr seid jetzt seit zwei Jahren zusammen... "

Lana wusste, was ihre Schwester damit andeuten wollte. *Und immer noch keine Kinder?*

Reinblütige Gestaltwandler wurden notorisch schwer schwanger, vom Schicksal auserkorene Gefährten hingegen normalerweise nicht. Daher war die Frage durchaus berechtigt. Ohne nachzudenken, ließ Lana ihre Standardantwort vom Stapel. „Ich will nicht nur als die Gefährtin des Alphas oder die Mutter seiner Kinder gesehen werden. Ich will meinen eigenen Platz im Rudel. Das braucht Zeit."

Noch während sie es aussprach, ertönte eine Erwiderung aus ihrem Innersten – ihre Wölfin, die ihren Senf dazugeben wollte.

Wir haben uns den Platz im Rudel schon verdient. Zeit für den nächsten Schritt.

Tyler war dafür, das wusste Lana. Er drängte schon seit dem Tag, an dem sie Paarungsbisse ausgetauscht hatten, auf Kinder. Lana war es, die auf die Bremse trat.

Nala seufzte hörbar. „Keine Ahnung, wie du widerstehen kannst. Sieh ihn dir nur an.“

Vor ihr schwang Tyler eines der Kinder in weitem Bogen, hielt das Händchen ihrer Nichte in sicherem Griff, während sie freudig quiekte: „Juhu!“

„Jetzt ich! Ich!“ Ihr Neffe zupfte an Tylers Hemdzipfel.

Tylers Worte, die er irgendwann gesagt hatte, tauchten aus ihrem Gedächtnis auf. *Drei Welpen... wenn das in Ordnung für dich ist.* Das hatte er am ersten Morgen gesagt, an dem sie zusammen aufgewacht waren. Damals schien Lana der Gedanke an auch nur ein einziges Kind noch meilenweit entfernt zu sein. Aber mittlerweile... Wärme breitete sich durch ihre Brust aus und umhüllte ihr Herz. Drei Welpen wären großartig. Eigene Welpen, halb wie Lana, halb wie Ty. Während sie beobachtete, wie ihr Neffe mit Ty herumtollte, ersetzte sie ihn durch dunkelhaarige Kinder und den Wald durch einen Wüstenhintergrund... und stolperte prompt über die eigenen Füße.

Lana versuchte, das Gefühl der Unsicherheit abzuschütteln. Es verhielt sich keineswegs so, als hätte sie sich ein solches Szenario nicht schon früher ausgemalt. Aber auf der Twin Moon Ranch hatte sie zu einer bequemen Routine gefunden, zu einem Gleichgewicht zwischen Arbeit und der kostbaren Zeit mit Tyler allein. Sie sagte sich, sie wollte noch ein bisschen länger warten... Ein bisschen länger...

Aber wie lang war lang genug?

Tyler drehte sich um und verblüffte sie mit einem so unverhohlen glücklichen, strahlenden Blick, dass es ihr den Atem verschlug.

Nala kicherte. „Ihr könntet ja die Familientradition fortsetzen und die Buchstaben eurer Namen für die Kinder kombinieren.“ Sie probierte ein paar Kombinationen aus. „Ty-la. Ta-na...“

Lana hatte noch nicht groß darüber nachgedacht. Tyla? Hm. Tana? Klang nicht übel. Sie ertappte sich dabei, dass sie schneller marschierte, weil sie den knackigen Hintern ihres Gefährten nicht allein um die nächste Kurve verschwinden lassen wollte.

„Eins nach dem a… "

Sie wurde vom Schrei eines Kinds, einem markerschütternden Kläffen und darauffolgendem donnerndem Gebrüll unterbrochen.

Kapitel 4

„Ty!", rief Lana und preschte um die Kurve.

Ihre Nichte kam kreischend zurückgerannt und warf sich in Lanas Arme. Mit der freien Hand schnappte sich Lana ihren Neffen und wirbelte herum, um beide Kinder vor dem Wirbel abzuschirmen. Tyler hatte sich in Rekordgeschwindigkeit von der Kleidung befreit und rang als Wolf mit etwas Riesigem und Pelzigem. Die menschenähnliche Kreatur war unheimlich groß – um die zweieinhalb Meter – und besaß lange, scharfe Zähne, die aufblitzten, als sie nach Tyler schnappten. Wolf und Bestie stürzten in einem Gewirr von Gliedmaßen und unter ohrenbetäubendem Knurren zu Boden. Entsetzt beobachtete Lana, wie sich Tylers schwarz-braunes Fell um die weiß-beige Gestalt der Bestie herumbewegte.

Sie hatte Tyler nur einmal so wutentbrannt erlebt – in der Nacht, in der sie beinah zum Opfer einer Bande abtrünniger Kojoten geworden wäre. Dieser Kampf wirkte genauso tödlich wie jener damals. Lana schob die Kinder zu Nala und bereitete sich darauf vor, sich zu verwandeln, um Tyler zu helfen. Was immer diese Bestie seine mochte, gegen die er kämpfte, es würde mehr als ein Wolf nötig sein, um sie zu besiegen.

Nala brüllte. „Aufhören! Harrison, hör auf! Lana, du musst Tyler bremsen!"

Lana zuckte bei den Worten zurück. Warum sollte sie Ty in einem solchen Moment aufhalten? Es ging um Leben und Tod.

„Harrison, halt!", schrie Nala.

Lana betrachtete die fuchtelnde, knurrende Kreatur näher, und plötzlich dämmerte ihr eine Erkenntnis. Harrison?

„Ty! Hör auf!" Sie sprang vorwärts und stimmte in Nalas Refrain ein. „Bring ihn nicht um!"

Aber Tyler hatte die Bestie bereits auf den Rücken gerungen und die Kiefer über den entblößten Hals gestülpt. Ein Speichelfaden tropfte von seiner Schnauze. Die große Kreatur lag ausgestreckt da, hatte kapituliert und rührte sich nicht.

„Aufhören!" Lana rückte näher. Mit einem Wolf in vollem Kampfmodus war nicht zu spaßen, nicht mal dann, wenn es sich um den eigenen Gefährten handelte.

Tyler sprach knurrend direkt in ihren Gedanken. *Ich weiß nicht, wer das ist. Ich weiß nicht, was das ist, aber es stirbt. Sofort.*

„Nein! Nicht! Wir kennen ihn!" Lana trat vor, aber Tyler verlagerte das Gewicht so, dass sein Körper zwischen ihr und dem blieb, was er für den Feind hielt. Wie sollte sie ihm erklären, dass Harrison in Wirklichkeit ein Verbündeter war?

Tyler knurrte so tief, dass der Laut durch ihre Knochen vibrierte. *Du kennst diese Kreatur?*

„Ty, bitte!", rief Lana. „Verdammt, Harrison, was zum Teufel hast du dir dabei gedacht?"

Tyler erstarrte an der Kehle des Ungetüms. *Wer zum Teufel ist Harrison?*

„Er! Der Sasquatch! Er ist ein Freund meines Bruders. Sag es ihm, Harrison."

Die pelzige, menschenähnliche Gestalt unter Tylers Pfoten winkte matt. Tyler knurrte nur umso lauter, und ein zweiter Speichelfaden gesellte sich zum ersten.

„Bitte ruf deinen Hund zurück, Lana", flehte der Bigfoot.

Lana stemmte die Hände in die Hüften. „Er ist mein Gefährte, du Idiot."

Du kennst diesen Arsch?, brummte Tyler, die Kiefer immer noch zum Todesbiss angesetzt.

„Onkel Tyler! Onkel Tyler!", riefen die Kinder, die sich von ihrem Schreck erholten. „Das ist Harrison."

Ist mir egal, wer das ist. Er hat die Welpen bedroht. Er stirbt.

Lana bewegte sich langsam näher hin und legte eine Hand auf Tylers Hinterbein, um ihn zu beruhigen. Harrison hatte schon öfter dumme Streiche abgezogen. Aber aus dem Wald hervorspringen und Kinder erschrecken – mit Tyler in der Nähe? Das kam Selbstmord gleich, sogar für einen Sasquatch.

Ihr Herz setzte einen Schlag aus, als ihr bewusst wurde, was für ein Risiko Tyler eingegangen war. Feindliche Sasquatch hatten schon ausgewachsene Wölfe gegen Bäume geschleudert und sie so schwer verletzt, dass sich sogar die schnell heilenden Gestaltwandler nicht davon erholen konnten. Und obwohl Harrison als Freund ihres Heimatrudels galt, wusste jeder, dass man es sich vorsichtshalber nicht mit ihm verscherzen sollte. Tyler hatte für sie und die Kinder alles aufs Spiel gesetzt.

„Ty, Liebster. Lass ihn los." Sie strich mit der Hand über seinen Rücken. Harrison sah zwar gründlich geschlagen aus, dennoch wollte sie ihren Gefährten außer Reichweite dieser kraftvollen Arme haben.

Tyler rührte sich nicht vom Fleck. Die einzige Veränderung bildete das Geräusch stampfender Füße, als Lanas Brüder im Laufschritt am Schauplatz eintrafen.

„Was ist denn hier los?" Neal kam schlitternd neben ihr zum Stehen.

„Wir sind vor uns hin spaziert, als Harrison beschlossen hat, den Springteufel zu spielen." Lana schüttelte den Kopf. „Ist schon gut, Ty. Du kannst ihn loslassen."

Len bremste neben Neal ab. „Leck mich am Arsch, sieh sich das einer an."

Nala klatschte ihm auf den Arm. „Ausdrucksweise."

„Entschuldigung. Aber ich meine, sieh dir das an. Er hat Harrison niedergerungen."

Lana rieb über Tylers Rücken, bis sie das dichte Fell um den Hals erreichte. In Augenblicken wie diesen wäre ein Halsband recht praktisch.

Dann ereilte sie eine Erkenntnis. Ihr Gefährte hatte es geschafft, den Sasquatch zu besiegen. Das Kunststück war noch keinem Wolf in den Berkshires je gelungen. Nicht in hundert freundschaftlichen Ringkämpfen, nicht in einem Dutzend erbitterten Schlachten gegen andere von Harrisons Art. Noch nie. Ein Anflug von Stolz drängte sich zu der schrecklichen Angst, ihren Gefährten zu verlieren, in ihr Herz.

„Ty, bitte lass es gut sein."

Ihr jüngerer Bruder Len stimmte mit ein. „Oha. Was ist denn passiert?"

Der verdammte Chewbacca hier wollte sich auf Lana und die Kinder stürzen, grollte Tyler in den versammelten Köpfen.

Trotz all der Wut in den Worten nahm Lana auch ein leichtes Zittern darin wahr. Es verriet ihr, welche Angst er um sie und die Kinder gehabt hatte.

„Ist schon gut", flüsterte sie und kraulte ihn hinter den Ohren an der Stelle, an der sich in der Regel all seine Aggressionen und Spannungen sammelten. „Lass ihn los."

Tyler wich zurück, ließ die Lippen jedoch zu einem bedrohlichen Knurren zurückgezogen, und sein Körper verharrte wie eine Mauer zwischen Lana und dem Feind.

Harrison schwenkte verteidigend die Hände. „Ich habe nicht angegriffen! Es war ein Scherz!"

Verflucht bescheuerter Scherz, übermittelte Tyler zornig.

Len lachte, Neal hingegen lief hochrot an. Er schob sich an Tyler vorbei, zog Harrison hoch und schüttelte ihn kräftig — zumindest so kräftig, wie ein knapp über eins achtzig großer Mann einen zweieinhalb Meter großen Sasquatch schütteln konnte.

„Wenn du das noch mal machst..." Neal sprach nicht weiter.

Harrisons gelbliche Augen richteten sich auf Tyler, und er schluckte. „Werd ich nicht! Versprochen!"

Immer noch in Wolfsgestalt bedachte Ty den verdrossenen Harrison mit einem gehässigen Blick, als der Sasquatch wieder in seine menschliche Gestalt schrumpfte.

Er ist ein Gestaltwandler? Ein Sasquatch-Gestaltwandler?

An Tylers Tonfall erkannte Lana, dass die Worte nur für sie bestimmt waren, und sie antwortete in selber Weise. *Ja. Er verwandelt sich von einem Bigfoot in... das.*

Das erwies sich als schlaksiger, über zwei Meter großer Mann mit einem Bart, der die halbe Brust bedeckte, und langen Strähnen, die ihm in die Augen hingen. In menschlicher Gestalt erinnerte Harrison an einen Einsiedler, der sich zu lange in den Wäldern aufgehalten hatte. Was so ziemlich einem Sasquatch entsprach.

Gibt's hier noch andere Gestaltwandler, von denen ich wissen sollte?, fragte Tyler. Sein Wolf bleckte immer noch die Zähne.

Wir sind in den Berkshires, Ty. Wir haben hier viele Gestaltwandler. Wölfe, Bären... Auch eine Pumagestaltwandlerin hatten wir mal, aber ich glaube, sie ist weitergezogen.

Und Vampire? Was ist damit? Tylers Tonfall ließ tief verwurzelten Hass erahnen.

Nein, die sind alle unten in Boston. In Cambridge strotzt es nur so vor ihnen. Aber hier nicht.

Tyler schnaubte, wirkte nicht überzeugt.

„Komm schon." Lana zog an seinem Nackenfell. „Gehen wir."

„Ja, tun wir das." Neals frostiger Ton verriet, wie wütend er war. Er scheuchte die Kinder voraus und ließ Harrison zurück.

„Aber ich hab's nicht böse gemeint.", rief Harrison kläglich, so gebrochen und einsam, dass Lana tatsächlich Mitleid mit ihm bekam. Der Mann hatte gehörig Mist gebaut, aber er besaß ein Herz aus Gold, und niemand war verletzt worden – Gott sei Dank.

Zum Glück ist Tyler nicht verletzt worden. Der Gedanke lief wieder und wieder in ihrem Kopf ab.

Tyler blieb den ganzen Weg zurück zum Dorf in Wolfsgestalt, und Lana streichelte seinen Rücken, um seine und die eigenen Nerven zu beruhigen. Da Ty so groß war, musste sie sich nicht mal bücken, um ihn zu erreichen.

Ihr wurde bewusst, dass sie die letzten zwei Jahre in einer Art Glückstaumel verbracht und die Realität aus den Augen verloren hatte. In der Welt der Gestaltwandler lauerten überall Gefahren. Sie konnten jederzeit und überall in verschiedensten Formen auftreten. Sogar so nah der Heimat.

Lana, Liebste. Tylers Stimme ertönte leiser als zuvor ihr ihrem Kopf. *Ist schon gut.*

Plötzlich war er derjenige, der sie tröstete. Lana zwang ihre Finger, das Fell loszulassen, in das sie sich gekrallt hatten. Sie hätte ihm ein Büschel ausreißen können, und Tyler hätte kein

Wort gesagt. Der Teil von ihr, der nicht mehr vor Angst schlotterte, begann, vor anderen Emotionen zu beben. Zum Beispiel natürlich vor Liebe und vor Dankbarkeit für das Glück, dass sie ihm begegnet war. Aber auch vor Demut, denn Gestaltwandler waren nicht unsterblich, nicht mal annähernd.

Die Kinder rannten voraus und verbreiteten die Neuigkeit von der Begegnung an alle, die sich auf der Straße versammelten.

„Tyler hat Harrison umgehauen!", rief ihr Neffe enthusiastisch.

„Tyler hätte Harrison fast umgebracht!", quiekte ihre Nichte mit Heldenverehrung in der Stimme.

Tyler schaute noch finsterer drein. *Was soll denn das?*

Lana sah ihn mit schiefgelegtem Kopf an. Hatte er es sich noch nicht zusammengereimt?

Harrison ist der größte Gestaltwandler in diesem Teil des Staats. Ihn hat noch nie jemand von den Füßen geholt, geschweige denn am Boden fixiert. Noch nie.

Tyler gab einen irritierten Laut von sich, aber die Kinder sangen munter weiter.

„Tyler hat Harrison besiegt!"

Leute strömten zusammen, doch Tyler wollte offensichtlich weg. Weit weg. Er marschierte schnurstracks an dem Getuschel und den erstaunten Mienen vorbei und steuerte direkt auf das Gästehaus am Ende der Straße zu. Lana schob wortlos die Tür auf und ließ ihren Gefährten in ihre private Zuflucht. Obwohl er durch und durch ein Alpha war, hielt er nichts davon, im Rampenlicht zu stehen. Ihn interessierte nur, zu beschützen, zu versorgen und zu verteidigen.

Lana ließ ihm seinen Frieden und kehrte zurück zu den anderen, um die Begegnung herunterzuspielen. Was sich als schwierig erwies, so aufgeregt, wie alle darüber waren.

„Er hatte Harrison an der Gurgel!", sagte Len gerade, als Lana auftauchte.

„Wie bitte?" Lanas Vater warf einen anerkennenden Blick in Richtung des Gästehauses.

Unwillkürlich schwoll Lanas Brust vor Stolz an. Ihr Gefährte – der große, böse Wüstenwolf – war nicht länger ein

Fremder. Er hatte sich den Respekt des Rudels der Berkshires verdient.

„Du hättest es sehen sollen!", warf Neal ein.

Eine Legende ist geboren, dachte Lana und beobachtete die verdatterten Gesichter.

Länger als fünf Minuten hielt sie nicht durch. Dann trat sie den Weg zur Hütte an, weil sie es nicht erwarten konnte, nach ihrem Gefährten zu sehen. Eine Minute später hatte sie die drei knarrenden Stufen überwunden und die Eingangstür erreicht. Lana schob sie auf und beugte sich hinein. Würde sie einen grimmigen Wolf vorfinden, der wütend mit dem Schwanz wedelte? Oder einen Mann mit einem Gesichtsausdruck wie eine Gewitterwolke, der die Berkshires in alle Ewigkeit verfluchen würde?

Kapitel 5

„Ty?“, rief sie.

Abgesehen vom Geräusch fließenden Wassers herrschte Stille. Sie steuerte aufs Badezimmer zu. Dort konnte sie durch die Milchglasscheiben der Duschkabinentür die Umrisse ihres Gefährten erkennen. Mit dem Kopf und den Händen stützte er sich an der gegenüberliegenden Wand ab, während ihm das Wasser über den breiten Rücken strömte.

„Ty“, flüsterte sie und wurde bei dem Anblick von Verlangen überwältigt. Sie zog sich aus und trat hinter ihm in die Kabine, ließ die Hände beruhigend über seinen Rücken gleiten.

Gefährte. Mein. Ihre innere Wölfin seufzte.

Lana schmiegte den Körper an seinen. „Alles in Ordnung?“

Seine Haut fühlte sich warm an, so warm wie das Wasser, das über sie beide floss. Der Mann war ans Äußerste getrieben worden und hatte genauso viel Angst durchlitten wie sie, allerdings nicht um sich selbst.

Nach und nach lockerte sich die Anspannung seines Rückens, und ein Flüstern drang an Lanas Ohren. „Es tut mir leid.“

Sie umarmte ihn fester. „Dir muss nichts leidtun. Harrison hat einen ordentlichen Schreck verdient.“

Er drehte sich zu ihr um und legte den Kopf erst auf die eine, dann auf die andere Seite schief, als wäre er sich nicht sicher.

„Ich meine, es tut mir leid, wenn ich dich erschreckt habe. Oder die Kinder.“

Das also hatte an ihm genagt. Sie drehte ihn um und blickte ihm in die Augen. „Dir darf nie leidtun, dass du deine Familie verteidigt hast. Niemals.“

Seine Kieferpartie arbeitete so, wie sie es tat, wenn er die richtigen Worte nicht finden konnte. Worte waren noch nie seine Stärke gewesen. Aber wer brauchte sie schon, wenn seine Augen alles besagten? *Ich werde nie zulassen, dass dir jemand etwas antut,* gelobten sie. *Ich werde bis zum Tod für dich kämpfen.*

Lana lehnte sich an seine Brust und stimmte ein kleines Gebet an, als sich seine Arme um sie schlossen. *Dazu soll es nie kommen. Bitte, lass es nie dazu kommen.*

Eng umschlungen standen sie da, während Dampf von der heißen Dusche sie umhüllte. Lana spürte, wie Tylers Anspannung durch das gleichmäßige Reiben ihres Kinns über seine Brust aus ihm abfloss. Sie ließ die Augen geschlossen und ihre Sinne von ihrem Gefährten erfüllen. Sein trockener, ehrlicher Geruch begleitete ihn überallhin, ganz gleich, wie weit er sich von der Wüste entfernte. Der Geschmack von klarem Waldwasser umspielte seine Lippen, als sie ihn erst sanft, dann leidenschaftlicher küsste. Hitze sammelte sich in ihrem Körper. Ihre Brustwarzen richteten sich auf, ihre Hüften schmiegten sich näher und näher an seine. Ein Seufzen entrang sich ihr. Das war schön. Sündhaft schön. Nur ihr Gefährte und sie in einer Dampfwolke, die sie vor der Außenwelt verschleierte.

Tyler zeichnete ihre Kurven nach, jagte dem Wasser über ihren Körper hinterher. Seine Hände glitten ihren Hintern hinab und zogen sie näher, damit sie seine harte Länge spüren konnte.

„Ty", murmelte sie, ohne zu wissen, was sie eigentlich sagen wollte. Irgendetwas über Liebe, Treue und die Ewigkeit, doch in ihrem Kopf floss alles ineinander. Sein erwiderndes Knurren verwandelte ihre Emotionen in einen noch stärkeren Cocktail, bis sie nur wimmern konnte vor dem wachsenden Verlangen, sich mit ihrem Gefährten zu vereinigen.

Tyler hob sie so mühelos hoch, sie bemerkte gar nicht, dass ihre Füße den Boden verlassen hatten, bis sie die Beine um seine Taille schlang. Die Wand der Dusche fühlte sich kühl an ihrem Rücken an, sein Körper heiß an ihrer Vorderseite. Eine Kombination, die das Verlangen in ihr nur noch heftiger pulsieren ließ. Tyler hob sie höher und sah ihr tief in die Augen, als er sie auf seinen Schaft senkte. Hitze durchzucke Lana, als er in sie glitt. Die Hand, die sie ausstreckte, um sich abzustützen, hinterließ eine breite Schliere auf dem beschlagenen Glas der Duschkabinenwand.

Sie klammerte die Beine fester um ihn und bettelte um mehr. Ihr Gefährte war nicht nur der größte, härteste Wolf im Ort, sondern auch der zärtlichste und aufrichtigste. Was hatte sie getan, um diesen Moment und so viele ähnliche zu verdienen? Momente, in denen die Leidenschaft sie beide wie ein reißender Fluss durchströmte.

Lana schüttelte den Kopf. Das Schicksal hatte auf sie herabgelächelt und ihr ihren Gefährten beschert. Sie würde ihm nie etwas verweigern. Sie würde nie an ihm zweifeln, sich nie von ihm abwenden.

Worauf wartest du dann? meldete sich ihre Wölfin zu Wort.

Auf nichts, entschied sie. Nicht mehr. In dem Moment schien alles klar zu sein. Sie war bereit für ihr nächstes gemeinsames Kapitel.

„Genieß das, Alpha, solange du kannst." Ihre Stimme schwoll an, während er ihre Brüste liebkoste.

Tyler hob den Kopf und brach den saugenden Kuss an ihrem Busen ab. „Wie meinst du das, solange ich kann?"

„Letzter Sex", stieß sie stöhnend hervor und wand sich so an ihm, dass er noch tiefer in ihr versank. So tief, dass sie ihren Gedanken aus den Augen verlor.

„Letzter Sex?" Er betonte seinen Unmut mit einem kraftvollen Stoß, der eine Flutwelle durch ihr Inneres jagte.

Lana japste, dann korrigierte sie sich hastig. „Letzter gewöhnlicher Sex, meine ich."

Er ließ die Hüften an ihren kreisen, bohrte sich bis zum Anschlag in sie. „Definiere gewöhnlich."

Sie brauchte eine Sekunde, um sich wieder zu sammeln. Was wollte sie noch mal ansprechen? Ach ja, richtig. Das lange aufgeschobene Thema von Welpen.

„Ich dachte mir, es wäre an der Zeit, an etwas Größerem zu arbeiten."

Er hielt inne, rührte sich nicht. Einen Moment lang bewegten sich nur seine Nasenflügel und das über ihre Körper strömende Wasser.

„Arbeiten." Seine Stimme ertönte so tief und lustvoll, dass sie durch Lanas Knochen vibrierte.

Um ein Haar hätte sich Lana in der Hoffnung wiederholt, dass er es noch einmal tun würde. „Arbeit der besten Art. Ich finde, es ist an der Zeit, die Pille abzusetzen. Du wolltest doch drei Welpen, oder?"

Seine Zähne knabberten an ihrer Unterlippe und klemmten sie ein. „Richtig."

Das lustvolle *Rrrr* hallte durch ihren Körper. Oh, diesen Laut konnte er jederzeit gern in ihren Mund brummen. Am liebsten andauernd.

„Dann lass uns anfangen", schlug sie vor und endete bei seinem nächsten Stoß mit einem Wimmern. Ihre Finger fädelten sich in sein Haar, als er anfing, sich gegen sie zu wiegen. Der Takt wurde leidenschaftlicher und härter, bis Lana fest gegen die Wand gedrückt wurde. Eine Mischung aus Lust und Schmerz schwoll in ihr an, schraubte sie höher und höher empor.

„Mann, ich hoffe, das ist für dich genauso schön wie für mich", murmelte sie zwischen keuchenden Atemzügen.

„Schön beschreibt nicht, wie das für mich ist. Oder was du für mich bist."

Für einen Mann, der behauptete, nicht gut mit Worten umgehen zu können, war er ein geborener Dichter. Wie bei der Wüste bestand bei seinen Worten die Schönheit aus ihrer Schlichtheit und Offenheit.

Was du für mich bist, wiederholte sie in Gedanken. Den nächsten Atemzug passte sie an seinen Stoß an und zog sich fest um ihn herum zusammen.

Mit einem tiefen, lustvollen Stöhnen lehnte Tyler die Stirn an die Wand neben Lana. Als er an ihrem Hals ausatmete, fuhr ihr die Hitze seines Hauchs direkt ins Herz.

„Mach das noch mal."

„Mach du es noch mal." Sie schnaubte in sein Ohr.

Und er tat es ebenso wie sie, wieder und wieder, bis ein Dutzend verschmierter Handabdrücke die Glaswand bedeckte und ihr Verlangen dokumentierte. Die Gefühle brodelten und quollen über, bis sich die beiden aneinanderklammerten und keuchend versuchten, mitzuhalten, während das Tempo außer Kontrolle geriet. Bald verlor sich Lana in ihrer Lust. Ihr Körper bebte, ihre Stimme klang kratzig, als sie aufschrie. Tyler grunzte, als ihn die heiße Welle seiner Entladung überkam, und sein Körper wurde hart wie Stahl.

Lana erschauderte unter ihrem Höhepunkt und umklammerte ihn bei jeder Welle, bis sie letztlich in seinen Armen erschlaffte.

„So schön." Sie seufzte.

Das ist Liebe, Liebste, antwortete Tyler. Er hielt sie lange Zeit an seinen Körper gedrückt, als wäre sie das Wertvollste in seiner Welt.

Als er sie runterließ, bewegte er sich langsam und widerwillig. Ihre Sinne trödelten, bevor sie sich wieder auf den Raum um sie herum konzentrierten. Lana blinzelte das Wasser weg und zwang ihren rasenden Herzschlag, sich zu beruhigen. Die Dusche. Dort befand sie sich. Ihr Mann und sie hatten sich unter der Dusche in einer gemütlichen Hütte in den Berkshires geliebt. Mit langen, trägen Strichen fuhr sie Tylers Kinn nach.

„Und was hältst du jetzt von den Berkshires?"

Tyler schürzte die Lippen. Gott, war der Mann heiß, wenn er ein Lächeln im Gesicht hatte – und sonst nichts am Leib. Auch der nasse Look stand ihm gut. Sie würden zu Hause eine größere Dusche einbauen müssen.

„Gar nicht übel. Aber zu Hause ist es besser."

Lana schloss die Augen und stellte sich die Landschaft draußen vor. Die bewaldeten Hügel, die versteckten Senken, die gurgelnden Bäche, die sich vereinten und zu reißenden Flüssen wurden. Alles so schön und vertraut. Aber ihr innerer Kompass zeigte zu einem anderen Ort, Tausende Meilen entfernt. Eine neue Heimat hatte in ihr Wurzeln geschlagen, so tief, dass sie sich dauerhaft in ihrem Herzen festgesetzt hatte.

Die Wüste. Tyler. Diese beiden definierten für sie neuerdings, was Zuhause bedeutete.

Sie nickte an seinem Hals. „Du hast recht. Es wird schön sein, nach Hause zurückzukehren.“

Er seufzte. „Ja, und zurück an die Arbeit.“

Sie schnaubte an seinem Ohr und fuhr mit der Hand über seine Hüfte. „Es gibt Arbeit, und es gibt... Arbeit.“ Sie drückte das Becken an seines.

Das leise Lachen, das aus seiner Brust aufstieg, glich aus nächster Nähe einem Grollen.

„Also, was meinst du?“, fuhr sie fort. „Zwei Welpen? Oder drei?“

Teil 2: Fremde in der Nacht

Nichts hat diesem großen, bösen Alpha bisher je solche Angst eingejagt wie die Schwangerschaft seiner Gefährtin. Vor allem, als ihr ruhiger Wochenendausflug nicht ganz nach Plan verläuft. Eine skurrile, sexy Geschichte über Hoffnung, Angst und unsterbliche Liebe mit den allseits beliebten Wölfen und einer völlig neuen Gestaltwandlerart, die unverhofft auftaucht.

Kapitel 1

Tyler überquerte den zentralen Platz der Ranch und steuerte auf das Büro seiner Gefährtin zu, während er in Gedanken seine Packliste abhakte. Hatte er etwas vergessen?

Proviant für drei Tage: Check. Kuschliges Kissen für Lanas launischen Rücken: Check. Das Buch, das seine Schwester ihm vor fünf Monaten geschenkt hatte – *Leitfaden für den werdenden Vater*: Check. Er musste noch einmal einen Blick in Kapitel sechs werfen: *Komplikationen – Mythen und Wahrheit*. Es jagte ihm eine Heidenangst ein – aber was an all dem nicht?

Das hatte er vor sechs Monaten gelernt, denn ein Baby *zu machen* und ein Baby *zu bekommen* waren zwei völlig verschiedene Paar Schuhe. Das *Machen* war einfach und vergnüglich. Es war sogar aufregend zu wissen, dass es mehr als einen weiteren Höhepunkt für seine wunderschöne, perfekte Gefährtin und ihn bedeutete, wenn er in ihr kam.

Nur einen weiteren Höhepunkt? Sein innerer Wolf schmunzelte.

Ja, schon gut, die Höhepunkte reichten verdammt hoch. So war es immer mit Lana. Aber er meinte dieses Gefühl, dass eins plus eins mehr ergab als zwei.

Mittlerweile fehlten nur noch wenige Monate, um drei zu werden. Doch zu dem Staunen über Lanas wachsenden Babybauch gesellte sich auch ein Berg von Sorgen. Was, wenn etwas schiefginge? Was, wenn Lana oder dem Baby etwas fehlte? Und die quälendste Frage von allen: Würde er als Vater etwas taugen? Darüber schien es kein Buch zu geben. Und die aufmunternden Schulterklopfer seiner Rudelkameraden beruhigten ihn nicht so recht.

Du schaffst das schon, Mann, meinte beispielsweise sein Bruder immer wieder.

Als ob Cody von irgendetwas eine Ahnung hatte, außer davon, wie man Schürzen jagte.

Tyler behielt das forsche Tempo durch das stetig wechselnde Muster von Licht und Schatten bei, für das die mächtigen Schwarz-Pappeln über ihm sorgten. Die Bäume standen seit über hundert Jahren an der Stelle. Es würde sie noch lang nach seinem letzten Atemzug geben. Die Blätter raschelten in der kaum wahrnehmbaren Brise.

Du wirst dich gut anstellen, schienen sie zu sagen.

Schon klar. Gut. Nur war gut nicht gut genug, nicht für sein Kind. Und das war ein Problem. Oder genauer gesagt verkörperte *er* das Problem. Tyler wollte unbedingt ein guter Vater werden, hatte dafür aber wohl kaum die richtigen Voraussetzungen. An seine Mutter konnte er sich kaum erinnern, und sein alter Herr war immer mehr ein gnadenloser Ausbilder als ein Vater gewesen. Dann war da noch die deprimierende Naturdokumentation, die sich Lana eines Abends im Fernsehen angesehen hatte. Sie bot den Schluss, dass Affen mit guten Eltern später selbst gute Eltern wurden, Affen mit schlechten Eltern hingegen so ziemlich zum Scheitern verurteilt waren. Mist. Wo blieb die inspirierende Dokumentation über kleine Äffchen, die solche Widrigkeiten überwanden?

Aber Tyler hatte nicht vor, jemandem etwas von seinen Ängsten zu verraten, schon gar nicht Lana. Er würde es Schritt für Schritt angehen müssen. Der Schritt an diesem Tag richtete sich an einen anderen Teil des Plans: Lana zu überreden, ein wenig kürzer zu treten. Im sechsten Monat war es höchste Zeit, einen Gang zurückzuschalten. Und Lana hatte sich eine Pause redlich verdient. Die Frage war nur, ob sie sich auch eine gönnen würde.

„He, Tyler, wegen der Viehauktion… " Einer seiner Rudelkameraden kam auf ihn zu – und schwenkte gleich wieder weg, als er den Blick sah, mit dem er bedacht wurde.

Tyler wusste, was der Mann sah: einen düsteren Berg aus Muskeln und Alphastolz mit Augen so schwarzbraun wie sein Haar. Im Moment glommen sie wie Glut. So wie immer, wenn er aufgewühlt war. Aber verdammt, der Kerl verdiente es. Warum mussten alle mit jeder Kleinigkeit zu ihm gerannt kommen?

Es hätte ihn nicht gestört, wenn es etwas Wichtiges gewesen wäre. Eine Meldung über Abtrünnige zum Beispiel. Oder über ein plünderndes Rudel gestaltwandelnder Pumas, Grizzlys oder sonstiger heutzutage seltener Spezies. Aber Viehauktionen? Als Alpha des Rudels musste er nicht jede Kleinigkeit selbst beaufsichtigen. Damit hatte Lana recht. Das Problem bestand nur darin, einen vertrauenswürdigen Stellvertreter zu finden.

Dasselbe galt für Lana. Sie war so verdammt gut in dem, was sie tat, dass ständig irgendjemand mit einer vermeintlich dringenden Angelegenheit in ihr Büro stürmte. Aber nur, weil Lana praktisch alles bewältigen konnte, hieß das noch lange nicht, dass sie auch alles bewältigen *musste*. Noch schlimmer fand Tyler, dass sie hartnäckig darauf bestand, so viel wie möglich zu erledigen, bevor das Baby käme. Wusste sie nicht, dass sie nur Platz für neue Arbeit schaffte, je weiter sie sich durch die verstaubten Dokumente der Ranch kämpfte?

Das haben wir davon, dass wir uns eine so perfekte Gefährtin ausgesucht haben, kam von seinem Wolf, in dessen innerer Stimme eher ein Lächeln als ein Seufzen mitschwang. *Perfekt für uns.*

Ja, das war Lana. Aber jeder Körper hatte seine Grenzen, und ein schwangerer Körper hatte andere Prioritäten. Begriff Lana das nicht?

Jedenfalls dachte sich Tyler, er könnte mit einer kleinen Auszeit für sie beide anfangen. Er würde sich mit Lana für ein paar Tage davonstehlen und sie zur Abwechslung für sich allein haben. Dann würde er sie irgendwie dazu überreden, sich ein bisschen zu schonen. Kürzere Bürozeiten, länger Ausschlafen am Morgen. Sie verdiente es. Und das Baby auch.

Er stieg die drei Stufen zu ihrem Büro hinauf und schaute finster drein, als er schnupperte. Der Versorgungsladen der Ranch nebenan wurde gerade frisch gestrichen, und die Dämpfe wehten in diese Richtung. Das konnte nicht gut für ein heranwachsendes Baby sein, oder? Sobald er hier fertig wäre, würde er den Wartungsplan überprüfen müssen. Er wollte nachsehen, welche weiteren Anstricharbeiten vorgesehen waren, und er würde alle im Umkreis von... um die zehn Meilen aussetzen.

Als er die Tür zu Lanas Büro aufschob, erstarrte er abrupt. Was zum Teufel wollte Audrey hier?

„Na so was. Hallo, Tyler." Audrey hauchte seinen Namen und klimperte mit den Wimpern, als wäre er ein verfügbarer Single und für etwas Spaß nach Feierabend zu haben. Dabei hatte er nie etwas für ihren Typ übrig gehabt: blond gefärbtes Haar, Schmollmund, unanständig tiefer Ausschnitt. Audrey war eine Rudelkameradin, und dafür würde er sie respektieren – aber nur dafür.

Die Frau zog die Schultern zusammen und beugte sich vor, um ihren mächtigen Vorbau ins Rampenlicht zu rücken, doch Tyler hatte ausschließlich Augen für *seine* Frau. Seine hinreißende, intelligente und unglaublich sture Frau. Lana mit ihrem langen braunen Haar, den himmelblauen Augen und dem trotz des versteckten Babybauchs hinter dem Schreibtisch schlanken, athletischen Körperbau.

Gefährtin, brummte sein Wolf.

Gefährte, brummte ihre Wölfin in einer höheren Tonlage.

Mit zwei Schritten durchquerte er das Büro, eroberte ihre Lippen und verharrte so für einen langen, gemächlichen Kuss. Wer brauchte schon Nahrung, Luft, Wasser? Er hatte seine Gefährtin.

„Hm-hm!"

Verdammt. Er hatte Audrey vergessen. Aber sie war keine Frau, die zuließ, dass man sie lange vergaß, ganz gleich, wie sehr man es versuchte. Dementsprechend räusperte sie sich und trommelte mit ihren langen Fingernägeln auf Lanas Schreibtisch.

„Wegen der Neuerungen, die ich für meinen Friseursalon brauche... "

Das Rudel besaß ein Gewerbeobjekt in der nächstgelegenen Ortschaft, dreißig Meilen entfernt. Audrey betrieb dort einen Schönheitssalon in einer der kleineren Einheiten. Man musste ihr zugutehalten, dass ihr Geschäft ziemlich gut lief, wie Tyler zuletzt gehört hatte.

„Für Investitionen musst du dich an Tina wenden." Lana benutzte diesen nüchternen, endgültigen Tonfall, den sie erstklassig draufhatte. Respektvoll, aber aufrecht und direkt – so war seine Gefährtin. „Nicht meine Zuständigkeit."

Audrey bedachte Lana zum Abschied mit einem mürrischen Blick, Tyler hingegen mit einem langen und hungrigen. „Weißt du, was mein Salon neuerdings anbietet, Ty? Eine altmodische Rasur mit dem Rasiermesser für Männer. Genau, was du brauchst." Sie fuhr sich mit der Zunge über die viel zu stark geschminkten Lippen. „Eine schöne, gründliche Rasur. Stell es dir nur vor."

Oh, und ob er es sich vorstellen konnte. Audreys Fingernägel in der Nähe seiner Augen und ihr Busen an seiner Brust.

„Nein danke." Er bemühte sich, Lanas neutralen Ton nachzuahmen, allerdings drang bei ihm ein mürrisches Grummeln durch.

Er brauchte keine gründliche Rasur, weder von Audrey noch von sonst jemandem, außer vielleicht von seiner Gefährtin. Das konnte er sich durchaus vorstellen. Lana, er, Rasierschaum und traute Zweisamkeit. Sie würden langsam und süß auf der Terrasse hinter dem Haus beginnen und es heiß und leidenschaftlich im Schlafzimmer ausklingen lassen. Dafür wäre er sofort zu haben.

Allerdings verrieten ihm die dunklen Ringe unter Lanas Augen, dass sie wohl keine große Lust auf aufwändigen Spaß dieser Art haben würde – jedenfalls nicht in nächster Zeit. Die Idee würde er sich für später aufheben. Vorerst ging es allein um sie.

Und darum, Audrey schleunigst aus dem Büro zu bekommen und dann ein paar weitere Fenster zu öffnen – auf der Südseite, abseits des frischen Anstrichs draußen. Denn Audrey verbreitete mit ihrem penetranten Geruch nach Parfüm, Haarspray und Nagellack fast genauso ungesunde Ausdünstungen. Diese Chemikalien mussten für sein Baby ebenso schlimm sein wie Farbdämpfe.

Kaum hatte er Audrey zur Tür hinausgescheucht, kamen seine Geschwister Tina und Cody hereingeschneit.

„Hi, Ty." Tina hatte gerade mal ein knappes Nicken für ihn übrig, bevor sie schnurstracks auf Lana zusteuerte. „Lana! Baby! Wie geht's euch beiden?"

Lana grinste und ließ Tinas Gurren und die Hände auf ihrem Bauch über sich ergehen, während Tyler seinem Bruder knurrend eine gedankliche Botschaft übermittelte.

Denk nicht mal dran, Bruder.

Cody hob die Hände, als rührte der verträumte Ausdruck in seinen Augen nicht davon, dass er sich fragte, wie es sich anfühlen würde, ein heranwachsendes Baby durch die Haut seiner Mutter zu berühren.

Nicht meine Ding, Mann, versicherte Cody ihm.

Tyler verspürte einen kleinen Anflug von Mitgefühl für seinen alleinstehenden Bruder. Würde er je erwachsen werden und das Licht sehen?

„Also, ich wollte die Konten durchgehen, über die wir gesprochen haben", begann Tina.

Auch Cody meldete sich zu Wort. „Und Dad wollte wissen, ob du schon den Grundwasserpachtvertrag für die Ostseite ausgearbeitet hast."

Schon? Der alte Hund hatte die Akten wahrscheinlich erst gestern bei Lana abgeladen. Und überhaupt, sahen die beiden denn nicht, wie müde Lana wirkte?

„Ich bin dabei", erwiderte seine Gefährtin nur.

Da sich gierige Bauunternehmer immer größere Teile von Arizona unter den Nagel rissen, waren Lanas Fachkenntnisse über Landrechte unerlässlich für die Ranch, um ihr Gebiet und ihre Lebensweise zu schützen. Die letzten drei Jahre lang hatte sie alle möglichen Lücken in der rechtlichen Rüstung geflickt. Mittlerweile war sie wild entschlossen, eine möglichst große Pufferzone um die Ranch herum zu schaffen. Was bedeutete, dass sie endlos Dokumente wälzen musste. Landvermessungen und Urkunden aus dem 19. Jahrhundert... Wasserrechte aus den 1930er Jahren... Schürfrechte aus den 1980er Jahren... Und so ging es weiter und weiter. Hinzu kamen endlose Besprechungen mit benachbarten Grundstückseigentümern und Umweltgruppen.

Es war verdammt viel Arbeit, sogar verteilt auf drei: Lana; Tina mit ihrem Organisationstalent und ihren Buchhaltungskenntnissen; und Josie mit ihrem angeborenen Wissen über das Land. Die drei bildeten ein beeindruckendes Team, aber sogar sie hatten ihre Grenzen, ganz gleich, wie sehr sie das Gegenteil behaupteten.

Tyler pikte seinen Bruder mit einem Finger in die Brust. „Solltest du nicht für Temposchwellen sorgen? Das hat Priorität." Es war ärgerlich, wie schnell manche Leute auf der Ranch herumfuhren. Ein Kind konnte aus dem Nichts auftauchen und verletzt werden.

„Ich habe Steve schon darauf angesetzt, keine Sorge."

„Ich bin nicht besorgt", erwiderte Tyler mit zusammengebissenen Zähnen. „Ich will einfach, dass es erledigt wird. Gestern."

Lana zog einen zweiten Stuhl für Tina heraus, wie immer bereit, eine weitere Aufgabe in Angriff zu nehmen.

„Bist du sicher, dass du Zeit dafür hast?", fragte Tina.

„Klar." Lana nickte und ignorierte die Ordner, die sich überall im Büro stapelten.

„Nein", blaffte Tyler. Drei Köpfe schnellten überrascht zu ihm herum. „Du und du" – er zeigte auf seine Geschwister. „Raus."

„Aber Ty, wir müssen doch... "

„Raus", schnitt er ihr das Wort ab. Er hatte genug davon, dass jeder seine Gefährtin mit Forderungen überhäufte.

„Aber... "

„Raus!" Seine Stimme hatte etwas von einem Donnergrollen, aber das war ihm egal. Genug war genug. Unter seinem finsteren Blick eilten seine beiden Geschwister nach draußen. Tyler schloss die Tür und lehnte sich dagegen, bevor jemand anders hereinstürmen konnte.

„Ty." Lana seufzte.

„Lana."

Sie sahen sich gegenseitig durch das Büro an. Stille breitete sich zwischen ihnen aus.

„Du arbeitest zu viel", begann er schließlich.

„Es geht mir gut."

Ungeduldig schwenkte er die Hand. „Sogar Supergirl braucht hin und wieder eine kleine Auszeit."

Sie warf ihren Stift hin und deutete mit den Händen auf die Papierstapel, die das Areal ihres Schreibtischs beherrschten. „Hast du eine Ahnung, was für ein Chaos diese Akten sind?"

„Sie sind schon besser als gestern und vorgestern."

„Aber noch lange nicht fertig."

„Es wird nie ein Ende nehmen. Für jede Aufgabe, die du oben auf der Liste abhakst, kommen unten zwei neue dazu. Das weißt du."

Lana presste die Lippen zu einer schmalen Linie zusammen.

„Lana, die Akten hier überleben drei Tage lang allein."

Sie zog die Augenbrauen hoch. „Drei Tage?"

„Drei Tage. Wir unternehmen einen Ausflug." Da sie aussah, als wollte sie protestieren, hob er eine Hand. „Lance, Tina und Cody kümmern sich hier um alles, während wir in der Hütte sind." Tyler wusste, dass sie dazu nicht nein sagen konnte. Sie lag ihm ständig damit in den Ohren, mehr Verantwortung zu delegieren.

„In der Hütte?"

Ihre Stimme wurde ein wenig belegt, ihr Blick verträumt. Der Ort strotzte für sie beide vor Erinnerungen, die mit ihrer allerersten gemeinsamen Nacht vor fast drei Jahren begannen.

Er stieß den angehaltenen Atem aus, trat hinter ihren Stuhl und legte die Arme um seine Gefährtin und sein Kind. Auch er schloss die Augen.

„Nur du, ich und das Baby", flüsterte er.

„Gefällt mir, wie das klingt."

„Ja", hauchte er. „Mir auch."

Schritt eins erledigt. Weiter mit Schritt zwei.

Kapitel 2

Am Ende brauchte Tyler zwei lange Stunden, um Lana von der Arbeit loszueisen, und selbst dann wollte sie noch versuchen, ein paar letzte Kleinigkeiten zu erledigen.

„Lass mich nur kurz mit Tante Milly reden wegen… "

„Das kann warten. "

„Ich muss das hier noch abgeben für Beth und… "

„Auch sie kann warten. "

Lana schnaubte zwar, ließ sich aber von ihm zum Wagen führen. Und endlich – endlich! – fuhren sie los. In Gedanken freute sich Tyler, dass es in der Hütte in den Hügeln keinen Handyempfang gab. Sonst würden sie nie zur Ruhe kommen.

Die Hütte, die er vor ein paar Jahren mit Cody gebaut hatte, lag nicht weit entfernt, aber so hoch und abgeschieden, dass es sich dort wie in einer anderen Welt anfühlte. Sogar die Vegetation an dem Ort war anders. Wüstenblumen und Löwenmäulchen erfüllten die Gegend mit ihrem ganz eigenen Duft. Die Schlichtheit der Hütte ließ auch alles andere schlicht erscheinen, und im Augenblick brauchte Tyler diese Illusion dringend.

„Schön. " Lana seufzte, während sie beobachtete, wie die Wüste vorbeizog. Der Sommer hatte gerade erst begonnen, aber die letzten Frühlingsfarben zeigten sich noch in kleinen Fleckchen von Gelb, Grün und gelegentlichem Rot.

Es war mehr als schön. Ein Zuhause.

Tyler dehnte die eigentlich zwanzigminütige Fahrt auf dreißig Minuten aus, weil es nicht angenehm für Lana sein konnte, wenn er mit Vollgas über die unbefestigte Straße bretterte. Aber er musste lächeln, als er sich vorstellte, wie das Baby in ihrem Bauch schwebte und die Fahrt wie eine Hüpfburg genoss. Eines Tages, wenn das Kind groß genug wäre, würden sie mit ihm irgendwo hinfahren müssen, um eine richtige Hüpfburg auszuprobieren.

Er verweilte etwas zu lange bei dem Gedanken, nachdem er den Wagen unterhalb der Hütte angehalten hatte, denn Lana erreichte vor ihm das Heck. Sie hatte bereits die beiden schwersten Lebensmitteltüten herausgezogen und wollte sich den Weg hinauf in Bewegung setzen. Tyler hastete hinter ihr her und griff nach den Tüten.

Sie drehte sich weg. „Ich mache das schon.“

„Lass mich.“ Erneut griff er danach.

Lana weigerte sich, loszulassen, und zu spät sah er, wie sie rot anlief. „Ich kann das!“

„Ich auch.“ Er benutzte den leichtesten Ton, den er zustande brachte, trotzdem hörte es sich knurrig an.

Tyler zog an einer der Tüten, und Lana ließ so abrupt los, dass er zurückstolperte.

„Ich bin schwanger, nicht krank!“ Ihre Stimme klang schrill, ihr Gesicht hatte sich knallrot verfärbt, ihre Haltung wurde vor plötzlichem Zorn steif. Mist. Er hatte sie noch nie so wütend erlebt.

„Ich weiß.“

Zu wenig, zu spät. Warum konnte er nie die richtigen Worte finden?

„Hör auf, mich wie ein Kind zu behandeln! Du lässt mich gar nichts mehr machen!“ Lana fuchtelte abgehackt mit den Händen.

„Du lässt *mich* gar nichts tun!“, warf er ihr vor.

Nur sagte er es nicht wirklich, er brüllte es. Donnernd wie einen Schlachtruf.

Hätte er die Hände nicht voll gehabt, er hätte durch die Luft gekrallt und versucht, die Worte zurückzuziehen. Weil er gerade seine Gefährtin angebrüllt hatte. Das hatte er noch nie getan, und er hatte sich geschworen, dass er es nie tun würde.

Eine Minute lang stand er da und starrte sie an, während er darauf wartete, dass sich seine Welt auflöste. Sie hatte jedes Recht, zurück zum Wagen zu stapfen, die Tür zuzuschlagen und davonzubrausen. Lana hielt zwar nichts von Dramen, aber sie hatte ihren Stolz. Und den hatte er gerade beleidigt – das ultimative Vergehen. Tyler ließ die Tüte mit lautem Klirren fallen und taumelte rückwärts, während sein Wolf in ihm tobte.

Was fällt dir ein, die Frau anzuschreien, die wir lieben?

Sogar die Wüste schien entsetzt über seinen Temperamentsausbruch zu sein, denn alles wurde gespenstisch still. Als Tyler gleich darauf die Vibrationen der Schritte seiner Gefährtin im Boden spürte, fielen sie leiser aus, als er erwartet hatte. Und sie kamen auf ihn zu.

„Ty", sagte sie. Aus irgendeinem Grund drang es als Flüstern aus ihr, nicht als Schrei. Warum brüllte sie nicht? Warum berührte sie ihn zärtlich und flehentlich, statt ihm die satte Ohrfeige zu verpassen, die er verdiente?

Allerdings verhielt sich Lana selten wie erwartet. Sie brüllte nicht, protestierte nicht, weinte nicht. Stattdessen flüsterte sie nur wieder und wieder seinen Namen, während sie die Arme fest um ihn schloss. Sogar das Baby beteiligte sich an der Umarmung, indem es spürbar seinen Bauch stupste.

„Es tut mir leid", murmelte sie an seinem Hals.

Tyler wollte dasselbe erwidern, aber die Worte verweigerten sich ihm. Sie steckten ihm in der Kehle fest, eingekeilt zwischen Hoffnung und Scham.

Lana streichelte mit einer Hand sein Ohr, mit der anderen seine Schulter. Die konstanten Bewegungen und ihre Stimme beruhigten nach und nach seinen Wolf, der immer noch in ihm knurrte. *Warum kannst du nie etwas richtig machen?*

„Liebester, es ist alles gut." Sie tröstete ihn anstatt umgekehrt, wie es sein sollte.

Tyler schlang die Arme um sie und drückte sie an sich, so fest er sich traute. „Es tut mir leid", brachte er endlich heraus. „Es ist nur... "

Nur was? kam grollend von seinem Wolf. *Dass du als Gefährte die totale Nullnummer bist?*

„Es ist nur so, dass ich es hasse, nichts tun zu können."

Das stimmte. Das Baby befand sich geborgen in Lanas Körper, während er draußen festsaß und in keiner Weise helfen konnte. Die Anfälle von Morgenübelkeit, mit denen Lana zu kämpfen hatte, die Nächte, in denen sie kaum Schlaf fand –

und er konnte nichts dagegen unternehmen. Zum ersten Mal im Leben machtlos.

„Du tust alles." Sein Hemd dämpfte ihre Stimme, weil sie sich an die perfekte Stelle zwischen seiner Schulter und seiner Brust schmiegte. Tyler wünschte, er könnte sie ewig so festhalten und alles andere vergessen.

Er legte die Hand auf ihren Bauch, wollte sich auch dort entschuldigen. „Ich kann nichts tun, um zu helfen."

„Du tust alles für uns."

Uns. Früher dachte er immer, Männer hätten Glück, dass nicht sie die Bürde einer Schwangerschaft ertragen mussten. Mittlerweile jedoch erkannte er die Kehrseite. Lana und das Baby waren auf eine Weise miteinander verbunden, wie er es nie sein konnte. Er konnte kochen, konnte Sachen tragen und seine Gefährtin umsorgen, so viel er wollte, es wäre alles nur eine sinnlose Beschäftigungstherapie.

Vielleicht las sie seine Gedanken, denn ihre Hand drückte auf seine, kräftig genug, dass er auf etwas Festes stieß. Der Fuß des Babys? Eine Hand? Der Kopf?

„Nein", flüsterte Lana. „Ich meine uns. Uns drei."

Drei. Vielleicht bildete er es sich nur ein, aber er hätte schwören können, dass der Druck seiner Hand von dem Baby erwidert wurde. Ein Kribbeln ging ihm über den Rücken. Das Gefühl breitete sich aus und beruhigte langsam seine Nerven.

„Es ist mir so zuwider, dass ich nicht mehr tun kann." Sein Leben lang war er in allem gut gewesen, woran er sich versucht hatte. Aber das... Er konnte sich bemühen, so sehr er wollte, er würde trotzdem nie so viel helfen können, wie er es sich wünschte.

„Ohne dich würde ich es nicht schaffen. Außerdem hast du den wichtigsten Teil erledigt." Ihr leises Lachen wärmte ihm das Blut, und seine verkrampften Muskeln lockerten sich ein klein wenig.

Tyler behielt die Nase in ihrem Haar und atmete ihren Geruch ein. Auch der Duft des Babys schwang darin mit. Und als er den Winkel änderte, schnappte er einen Hauch seines eigenen Geruchs an ihr auf. *Uns drei.*

„Und glaub mir, sobald unser Kleines geboren ist, kannst du es herumtragen, füttern und umsorgen, so viel du willst." Lana kicherte.

„Glaub mir", murmelte Tyler. „Das will ich. Das werde ich."

Kapitel 3

Lana schloss die Augen und ließ den rauen Basston, den sie so liebte, durch ihre Knochen vibrieren. Tyler würde ein großartiger Vater sein. Er war bereits ein fürsorglicher Partner, und offen gestanden konnte sie es kaum erwarten zu sehen, wie ihr großer, knurriger Gefährte ein winziges Baby in diesen muskulösen Armen wiegte.

Aber das lag noch drei Monate in der Zukunft. Vorerst sollte sie sich lieber praktischen Dingen widmen. Lebensmittel mussten verstaut werden. Die Hütte musste gelüftet werden. Das extra-große Bett musste gewärmt werden.

Dann mach dich schon endlich an die Arbeit! drängte ihre Wölfin.

Tyler schien dieselbe Idee zu haben, denn er drückte sie mit dem Rücken gegen den Truck und beugte sich vor, um sich langsam an sie zu schmiegen. Er strich mit dem Kinn an ihrer Wange auf und ab, zeichnete sie mit seinem Geruch. Dann drückte er ihr einen Kuss auf die Lippen, dem er weitere folgen ließ, jeder inniger und besitzergreifender als der davor. Das Grollen in seiner Brust schwoll an, und sie war sich ziemlich sicher, dass sie ausnahmsweise nicht das Baby spürte, als etwas gegen ihren Bauch drückte. Noch eine Minute so an ihn gepresst, und sie würde an seinem Hemd krallen.

„Weißt du, ich hatte vor, dich ins Bett zu kriegen", murmelte er direkt in ihr Ohr. Nah. Heiß.

„Wer braucht schon ein Bett?" Sie packte ihn zu beiden Seiten am Kragen und zog ihn zurück zu ihren Lippen.

Der Mann roch nach Kiefern, Salbei und offenen Weiten, und sie bekam nicht genug davon. Im Ernst, selbst mehrere Jahrhunderte von ihm würden nicht reichen. Sie öffnete die

Knöpfe seines Hemds und strich mit den Händen über ihr Lieblingsareal erregender, straffer Haut. Tyler und sie waren immer Feuer und Flamme füreinander. Aber dass sie schwanger war, wirkte zusätzlich wie Öl auf einem offenen Feuer. Sie kämpfte sich bereits unter den Bund seiner Jeans. Als er leise lachte, hallte das Geräusch durch ihre Seele. Wie immer blieb er ruhig, während sie ihre wilde Seite hervorkehrte.

So ging das nicht. Stolz blieb Stolz, sogar bei einer hormongesteuerten Wölfin. Also streckte sie sich zu seinem rechten Ohr, dem Schlüssel zu all seinen Gefühlen, und begann, ihn dort zu küssen. Zu lecken. Daran zu knabbern. Und ihm zuzuflüstern, was sie wollte und wie. Ein selbstgefälliger Teil ihrer selbst lehnte sich zurück und beobachtete, wie sich ihr Mann auflöste, einen rauen, wolligen Faden nach dem anderen.

„Du und ich", flüsterte sie.

Er rührte sich kaum, nickte kaum, aber seine Härte pulsierte gegen ihre Hüfte.

„Du in mir", fuhr sie fort.

Die zarte Liebkosung seiner Hände wurde eindringlicher, als er sie an seinen Körper zog. Als ob sie freiwillig irgendwo anders hingegangen wäre.

„Du, wie du dich in mir bewegst, wieder und wieder... ", murmelte sie ihm ins Ohr und küsste es dann. Züngelte daran. Leckte es.

Sein Kopf neigte sich ihr entgegen, als lauschte er etwas weit Entferntem. Vielleicht dem Ruf der Wildnis, der ihm mitteilte, dass auch er loslassen konnte.

„... und wieder", fügte Lana abschließend hinzu.

Seine Lippen gingen von keuschen Schmatzen zu leidenschaftlichen Küssen über, und da wusste sie, dass sie ihn am Haken hatte.

Eigentlich ja er uns, warf ihre Wölfin grinsend ein, als er sie gegen die Seite des Trucks hob.

Allerdings war der Babybauch im Weg. Also hob er sie in seine Arme und trug sie zum Heck des Wagens. Erinnerungen setzten ein: an ihre erste gemeinsame Nacht, als er sie wie ein Festmahl auf der Ladefläche des gleichen Pick-ups ausgebreitet und geleckt hatte, bis sie nicht mehr sagen konnte, ob sie

Sterne oder Blitzlichter über sich sah. Nur herrschte diesmal Tageslicht, und ein trockener Wind kitzelte sie dort, wo ihr Shirt hochgerutscht war.

Sie konnte es schon vor sich sehen: wie er sie auf die Ladefläche des Wagens senken würde. Wie lustvoll seine Augen werden würden, wenn sie sich aus der Kleidung schälte. Er würde ihr diesen Blick wie geschmolzene Lava schenken, bevor er über ihren gesamten Oberkörper dorthin gleiten würde, wo sie ihn am meisten wollte. Und dann würde sie nichts mehr sehen müssen, denn alles würde sich auf die tosenden Empfindungen bündeln, die ihren Körper und ihre Seele verzehren würden. Er musste nur noch die Heckklappe öffnen, und der nächste Ritt zur Ekstase würde beginnen.

Aber genau in dem Moment kippte eine der Einkaufstüten um und ergoss ihren Inhalt auf den Erdboden. Die Geräusche von Glas und Aluminium brachen durch den Schleier ihrer sinnlichen Gedanken, begleitet vom Knacken zerbrechender Eier.

„Scheiße“, murmelte Tyler.

Lana umklammerte seine Schultern und wünschte, die Ablenkung würde verschwinden. Aber eine Weinflasche rollte über den Boden. Sie erreichte eine Mulde und rollte zurück, verursachte dabei eindringliche, knirschende Geräusche. Wieder und wieder, vor und zurück. Die Laute gingen Lana auf die Nerven.

Tylers Körper erschlaffte an ihrem. Das in ihr lodernde Feuer zog sich zurück und wich einem Kicheranfall.

Seine Brust hob und senkte sich mit einem müden Seufzen.

Lana lächelte und streichelte beruhigend mit einer Hand seinen Arm. „Daran sollten wir uns vielleicht gewöhnen.“

Er zog eine Augenbraue hoch, die eine dunkle Linie unter dem Braun-Schwarz seines dichten Haars bildete.

„Ich meine daran, dass uns das Baby gerade dann unterbricht, wenn es interessant wird.“

Darüber lächelte er, und der Anblick glich der hinter einem Wintersturm hervorbrechenden Sonne. Dann knabberte er an ihrem Ohr und senkte sie langsam, bis ihre Füße auf dem Boden standen.

„Tja“, hauchte er aus nächster Nähe, „dann machen wir es einfach danach wieder interessant.“

„Ist das ein Versprechen?"

Er ließ eines dieser unsagbar strahlenden Lächeln aufblitzen, die er ausschließlich ihr schenkte. „Und ob."

Lana besiegelte es mit einem langen Kuss. Erst, nachdem sie ihren Gefährten eine weitere Minute lang bewundert hatte, seufzte sie und betrachtete das Durcheinander der Vorräte.

„Ich mache das", platzte er heraus und schritt hastig zur Tat.

Lana verkniff sich einen Protest und zwang sich, einfach nur zuzusehen. Als sich das Baby bewegte, stellte sie sich unwillkürlich ein winziges Gesichtchen mit einem Engelslächeln vor, das erst gurrte und dann eindöste. Ein Baby, das hoffentlich alle Eigenschaften seines Vaters erben würde. Die Größe, die Stärke, die unerschütterlichen Grundsätze. Alles, außer vielleicht die unzumutbar hohen Ansprüche, die er an sich selbst stellte. Aber liebevoll, loyal und grundanständig sein – ja, all das konnte das Kind ruhig von ihm übernehmen.

„Geht es dem Baby gut?", fragte er wie aufs Stichwort.

Sie mochte diejenige sein, die das Kind austrug, aber sie hätte schwören können, dass Tyler irgendeine mentale Verbindung zu seinem Nachwuchs besaß. Sie streichelte mit einer Hand über ihren Bauch und lächelte. „Das Baby ist stolz auf seinen Vater."

Er kauerte noch über den Lebensmitteln, und als er sich umdrehte, um in ihre Richtung zu schauen, leuchteten seine Augen vor Freude. „*Ihren* Vater", korrigierte er und senkte dann schnell den Blick. Allerdings nicht schnell genug, um zu verbergen, wie er errötete.

„*Seinen* Vater." Lana grinste. Diese Diskussion führte sie gern, weil es ihr herzlich egal war. Ihre war beides recht.

„Ihren Vater."

„Seinen."

„Ihren."

„Sei..."

Er unterbrach sie mit einem Kuss, bevor er mit strengem Blick in Richtung der Hütte nickte. „Ihren. Und jetzt ab mit dir."

Darüber musste Lana lächeln. Der Mann konnte blitzschnell von schroff und knurrig zu sanft und zärtlich umschalten – auch eine geheime Kleinigkeit, die ausschließlich ihr vorbehalten war.

Da er ihr den Zugang zu den schwersten Tüten versperrte, schnappte sich Lana die beiden nur halb vollen und trat den Weg zur Hütte an. Denn vielleicht bewies das Tragen von Tüten nur, wie stur sie war. Wenn sich Tyler dadurch besser fühlte, konnte er ihretwegen die schweren Tüten und auch ihren Rucksack tragen.

Als Tyler die knarrende Tür der Hütte aufschob und sich die Stiefel von den Füßen trat, fiel der letzte Stress von Lana – ein Stress, den sie bisher unbemerkt mit sich herumgeschleppt hatte. Vielleicht ging es Tyler genauso. Er war so daran gewöhnt, alles zu schultern, dass es ihm nicht mal mehr bewusst war. Lana beobachtete mit schiefgelegtem Kopf, wie er mit den Lebensmitteln die offen gestaltete Hütte durchquerte.

Nein, es schien eher so zu sein, dass sich Tyler seiner Bürde nur allzu bewusst war und einfach nicht loslassen konnte. Vielleicht brauchte er es in gewisser Weise, ständig etwas zu tun zu haben. Gebraucht zu werden. Nützlich zu sein.

Langsam stieß Lana den Atem aus. Alles, was sie sich in letzter Zeit vorgenommen hatte, zielte darauf ab, eine gute Mutter zu werden. Sie hatte vergessen, ein paar gute Vorsätze darüber hinzuzufügen, eine gute Gefährtin zu sein. Zum Beispiel, sich um ihn zu kümmern und ihm zu erlauben, sich um sie zu kümmern.

Er scheuchte sie von der Küche weg. „Ich mach das schon.“

Der Mann war perfekt. Lana bewegte sich rückwärts zum Bett, setzte sich und beobachtete, wie er noch perfekter wurde, als er in der Mittagshitze sein Hemd auszog und beiseite warf.

„Ich habe den Käse gekauft, den du so magst.“ Er hielt die Verpackung hoch.

„Lecker“, rief sie, obwohl ihre Gedanken dabei nicht um den Käse kreisten. Es war dringend an der Zeit, die Fenster zu öffnen – bevor die Hitze noch mehr anschwoll und außer Kontrolle geriet.

„Und jede Menge Milch für das Baby", fuhr Tyler fort, während Lana eine Scheibe hochschob und den Fensterladen aufschwang.

Sie kicherte. Ja, davon hatte sie in letzter Zeit wirklich literweise getrunken.

„Deine Lieblingskekse." Diesmal hielt Tyler in jeder Hand eine Packung hoch.

„Du bist ein Held. Und sieh mich an." Sie ließ sich aufs Bett zurückfallen und hob die Hände. „Ich rühre keinen Finger."

Er ließ ein seltenes, jungenhaftes Lächeln aufblitzen. Das tat er nur, wenn sich niemand sonst in der Nähe befand, und Lanas Herz schlug ein wenig schneller. Wer brauchte schon einen Lotteriegewinn? Lana hatte ihren Gefährten.

Sie drehte sich auf die Seite, um ihm dabei zuzusehen, wie er in Jeans mit nackten Füßen und sonst nichts die Lebensmittel verstaute. Als sie die Augen schloss, verlangsamte sich alles auf das angenehme Tempo von triefendem Honig. Tylers Stimme war leise, das Bettzeug weich, und der heimelige Geruch der Hütte umfing Lana wie eine wohlige Decke und drängte alles andere weit, weit weg.

Als sie die Lider flatternd öffnete, verriet ihr das schräg einfallende Licht, dass Stunden, nicht Minuten, vergangen waren. Blinzelnd rollte sie sich auf die Seite und fand die Hütte verwaist vor. Wo steckte Tyler?

Kapitel 4

Lana schwang die Beine aus dem Bett und hievte sich auf die Füße. Vielleicht hatte Tyler recht damit, dass sie die Arbeit ein wenig zurückschrauben sollte, denn sie hatte schon ewig kein Nickerchen mehr gebraucht.

Die Küche erwies sich als makellos, und Tyler hatte einen Teller mit Keksen und ein Glas Milch vorbereitet. Außerdem hing eines seiner Flanellhemden über einer Stuhllehne. Lana zog es über ihr T-Shirt an, klappte den Kragen hoch – um seinen Geruch besser wahrzunehmen, nicht zum Wärmen – und tappte mit den Keksen und dem Glas Milch nach draußen. Das Leuchten, das sie erfüllte, war nicht nur der sauberen Wüstenluft oder den letzten goldenen Sonnenstrahlen über den Hügeln geschuldet. Eher dem Anblick ihres Gefährten, der mit gemütlich ausgestreckten Beinen und dem Rücken an der Wand auf der Veranda saß. Er las gerade etwas so vertieft, dass er erst aufschaute, als sie sich über ihn beugte, um zu sehen, worum es sich handelte.

So konzentriert, wie er dreinschaute, hätte man meinen können, es wäre ein Buch über Kernfusion, nicht über Kindererziehung. Dann fiel ihr Blick auf den Titel der Seite, und sie verzog das Gesicht zu einer Grimasse. Warum versteifte er sich darauf, immer wieder den Teil darüber zu lesen, was alles schiefgehen konnte?

Sie beugte sich vor, um ihn auf die Stirn zu küssen. „Musst du dich so besessen mit ausgerechnet dem Kapitel beschäftigen, Liebster?"

Langsam ließ er das Buch sinken, während seine Augen weiter die Worte überflogen. Lana nahm es ihm aus der Hand und schob sich zwischen seine Beine. Sie ließ sich nieder, und er legte von hinten die Arme um sie.

„Ein Vorschlag." Seine tiefe Stimme wirkte auf sie genauso wie die Massage, die seine Finger an ihren Schultern begannen. „Ich höre auf, Kapitel sechs zu lesen, wenn du bei der Arbeit kürzer trittst."

Nicht das schon wieder. Sie konnte auf keinen Fall kürzer treten. Dafür standen zu viele ungelöste Probleme an. Lana musste die offenen Dokumente für das Wolfsrudel bearbeiten. Niemand sonst konnte das erledigen.

Ihr Bauch zuckte mit einer willkommenen Ablenkung. „Oh! Junior hopst gerade."

Tylers Hand schoss vor und senkte sich, um die Gelegenheit nicht zu verpassen. Schließlich legte er beide breiten Hände auf ihren straffen Bauch und spürte das Baby darin. Abgesehen von einem kleinen Laut der Verwunderung schwieg er. Geradezu ehrfürchtig. Lana legte die Hände über seine und konzentrierte sich darauf, sich die Erinnerung ins Gedächtnis zu brennen. Seine Wärme an ihrem Rücken. Seine stoßweise Atmung, als würde er dazwischen immer wieder vergessen, Luft zu holen. Die leuchtenden Farben des Himmels, der nächtliche Chor der Wüste, der allmählich einsetzte – das perfekte Ende eines weiteren herrlichen Tags. Noch schöner wäre höchstens gewesen, in Wolfsgestalt mit Tyler durch die Nacht zu laufen. Aber sich in schwangerem Zustand zu verwandeln, kam nicht in Frage. Zu gefährlich für das Baby.

Aber auch, den Sonnenuntergang mit Tyler zu beobachten, war ein wunderbares Vergnügen. Dafür hatten sie schon viel zu lange keine Zeit mehr gehabt.

„Danke", flüsterte sie.

„Wofür?" Seine Lippen kitzelten ihr Ohr.

„Dafür, dass du mich hierhergebracht hast. Und dafür." Sie drückte seine Hände auf ihren Bauch. „Für alles."

Er küsste ihr Ohr, dann schüttelte er den Kopf. „Du bringst da etwas völlig durcheinander. Ich bin derjenige, der dankbar ist."

Lana betrachtete lächelnd die außer Sicht verschwindende Sonne und beschloss, Tyler das letzte Wort zu überlassen. Das

Leben war wunderbar, wenn der schlimmste Reibungspunkt zwischen zwei Partnern der war, wer sich glücklicher wähnte.

„Lana...", begann er, nachdem er ein paar Minuten lang die Farbschichten betrachtet hatte, die den Himmel bemalten.

Seine Stimme hatte diesen ernsten Ton, der sie plötzlich an den anderen Reibungspunkt zwischen ihnen erinnerte.

„Ich finde wirklich, du solltest weniger arbeiten."

Jawohl, es ging wieder los.

„Ty, die Dokumente sind ein einziges Chaos, und die Wasserrechte..." Sie stellte sich die auf ihrem Schreibtisch gestapelten Akten vor, ergänzt um jene auf dem zusätzlichen Tisch unter dem Fenster ihres Büros. „Ich kann es nicht ausstehen, dass bei den Unterlagen ein solches Durcheinander herrscht, und das wird nicht besser, wenn ich die Arbeitszeit reduziere."

„Und es wird auch nicht schlimmer. Der Papierkram ist seit mindestens einem Jahrhundert ein einziges Chaos. Und bisher hat niemand die Wasserrechte angefochten..."

„Aber falls es jemand tut..."

Er legte ihr einen Finger auf die Lippen. „Falls es dazu kommt, kannst du dich immer noch darum kümmern."

„Ich verspreche, dass ich mich nach der Geburt des Babys zurücknehme."

„Du musst dich sofort zurücknehmen."

Lana wollte ihn finster anstarren, brachte aber nur ein Seufzen zustande. Ihr Gefährte gab sein Bestes für sie. Er passte auf sie und das Baby auf.

„Ich weiß, du kannst alles bewältigen, Lana, aber das musst du nicht, jedenfalls nicht ständig. Im Moment solltest du dich ein wenig zurücklehnen und nicht das Chaos meines Vaters aufräumen. Du musst... Wie heißt das Wort noch mal?"

„Mich ausruhen?" Sie spie es geradezu verächtlich hervor.

„Brüten."

Gelächter drang aus Lana.

„Das meine ich ernst", fuhr er fort und sah auch so aus. „Das verdient du, und das Baby auch."

Lana seufzte, denn er spielte das Baby als seinen Trumpf aus, und sie wussten es beide. „Aber was soll ich den ganzen Tag mit mir anfangen?"

„Ein bisschen ausschlafen. Früher Feierabend machen.“

Sie sah schon vor sich, wie er jeden Nachmittag um Punkt drei Uhr mit ungeduldig klopfendem Fuß an ihrer Bürotür stand, um sie nach Hause zu scheuchen.

„Vielleicht nimmst du dir mittwochs frei“, fügte er hinzu.

„Ein freier Tag?“ Was sollte sie mit einem ganzen freien Tag anfangen?

Brüten. Ihre Wölfin gähnte.

„Als Nächstes sagst du mir noch, ich soll mir auch die Freitage frei nehmen.“

„Lana, du kümmerst dich um alles. Warum also darf ich mich nicht um dich kümmern?“

Er klang so eindringlich und zugleich traurig, dass sie nachgeben musste. „Du kannst dich ja um mich kümmern. Behandle mich nur nicht, als wäre ich unfähig zu arbeiten.“

„Du bist mehr als fähig dazu.“

„Und was ist mit dir?“

„Was soll mit mir sein?“

„Wenn ich einen Gang runterschalten muss, dann du auch, werdender Papa.“ Damit spielte sie ihren Trumpf aus, denn das war Tylers Schwachstelle. Er als Vater.

Ihr Gefährte schluckte leicht. Sie spürte es an der Schulter. „Weißt du, Tina hat schon recht“, fuhr sie fort. „Du musst delegieren. Lass Cody mehr machen.“

„Ich lasse Cody schon mehr machen.“

„Ich meine damit keine Beschäftigungstherapie, sondern echte Verantwortung. Er ist bereit dafür.“

Tyler gab einen unglücklichen Laut von sich. Ihn zu bewegen, irgendjemandem – sogar seinem eigenen Bruder – echte Verantwortung anzuvertrauen, würde ein harter Kampf werden.

„Na schön, wie wär's damit?“ Lana versuchte es mit einem anderen Ansatz. „Ich stecke bei der Arbeit zurück... “

Er nickte zustimmend.

„... wenn du aufhörst, Kapitel sechs zu lesen.“

Sein Protest verwandelte sich in ein schiefes Grinsen, das sie aus dem Augenwinkel sehen konnte. Nach und nach wurde aus dem Grinsen ein sinnliches Lächeln, auf das schließlich ein

Kuss folgte. Was Lana sehr entgegenkam, denn geredet hatten sie für den Abend genug. Zeit, das Versprechen einzulösen, die Dinge wieder interessant zu gestalten.

Seine Daumen massierten ihre Haut, und sie lehnte sich an ihn zurück.

„Also, was denkst du, dass es wird?" Lana seufzte, während seine Hände auf Wanderschaft gingen, und nicht nur über ihren Bauch.

Er zog eine Augenbraue hoch. „Äh... ein Wolf?"

Verspielt knuffte sie ihn, doch der leichte Schlag prallte harmlos von seinem stahlharten Unterarm ab. „Ich meine, ein Mädchen oder ein Junge? Im Ernst."

„Mädchen", antwortete er, ohne zu zögern. „Ein perfektes kleines Mädchen, das ganz nach dir kommt."

Lana schnaubte. „Dann wird die Kleine alles andere als perfekt."

Tyler knurrte an ihrem Ohr. Prompt fuhr ihr Lust durch die Mitte. „Beleidige bloß nicht meine Gefährtin, Lady."

„Ach ja? Was wäre denn die Strafe?"

„Das." Er begann, ihre Seiten zu erkunden, und sie schmolz unter diesen kraftvollen Fingern wie Wachs. „Und das", flüsterte er, schob die Hände um ihre Taille und ließ sie dann höher in Richtung ihrer Brüste wandern.

Lana schnurrte laut und wölbte sich schamlos seinen Händen entgegen.

„Und das." Er knabberte an ihrem Ohrläppchen.

Lana wollte sich gerade auf seinem Schoß umdrehen und sich rittlings auf ihm niederlassen, als Tyler erstarrte. Jäh schaute er auf, und seine Augen hefteten sich auf den Hang des Hügels. Seine Nasenflügel blähten sich, seine Ohren zuckten im selben Moment wie ihre.

Irgendetwas war da draußen. Etwas anderes als der Wind, und es hielt in rasendem Tempo auf sie zu.

Kapitel 5

Bevor Lana reagieren konnte, zog Tyler sie auf die Beine, schob sie schützend hinter seinen Körper und befreite mit einer rasenden Verwandlung seinen inneren Wolf. Das Tier brach aus seinem Körper hervor, sank auf alle viere und knurrte den Hügeln entgegen.

Lana wollte es ihm gleichtun und an seiner Seite sein. *Verwandeln! Kämpfen. Verteidigen!*

Aber statt einen Schlachtruf zu heulen, winselte ihre innere Wölfin, während sie sich rückwärts zur Hüttentür bewegte. Hier ging es nicht um Stolz, sondern um das Baby. Sie könnte es verlieren, wenn sie sich verwandelte. Also konnte sie nur hinter Tyler in Deckung gehen, während die nahende Masse näher kam und lauter wurde. Etwas Riesiges pflügte kompromisslos durch das Gestrüpp. Mehr als ein Etwas. Und es musste sich um etwas Großes handeln.

Tyler bildete vor ihr einen Wall aus geballter Wolfskraft und Wut. *Mein Revier!* verkündete sein Knurren. *Meine Gefährtin!*

Schwere Schritte erschütterten den Boden, als drei massige Schemen aus dem Gebüsch hervorbrachen und schlitternd vor der Hütte zum Stehen kamen. Schwarz, gedrungen und borstig zeichneten sich die Umrisse vor dem blutroten Sonnenuntergang ab. Behufte Füße scharrten über den Boden, während ein Gewirr von Grunzlauten ertönte.

Lanas Verstand spuckte ein Wort aus: Halsbandpekaris.

Halsbandpekaris? konterte ihre Wölfin. *Wann hast du zuletzt so große Wildschweine gesehen?*

Die drei Kreaturen, die am Fuß der Veranda schnaubten und grunzten, waren riesig – so groß wie gutgenährte Färsen.

Ein stacheliger Fellstreifen verlief die Rücken entlang und betonte ihre Wuchtigkeit und rohe Kraft.

Tyler fletschte die Zähne. Seine pechschwarzen Augen funkelten vor Zorn. Das vorderste Wildschwein schnaubte zurück. Die beiden standen sich gegenüber, schwenkten die Köpfe nach links und nach rechts, suchten nach einer Möglichkeit zum Angriff. Tylers Knurren erklang so tief, dass Lana spürte, wie es die Veranda zum Vibrieren brachte.

Ein Schritt näher, und ihr sterbt. Seine gesamte Körperhaltung besagte es.

Lana ballte die Hände zu so festen Fäusten, dass sich Fingernägel in die Haut bohrten. Sie sollte an seiner Seite sein, auf vier Beinen, ihr Revier verteidigen, genau wie ihr Mann.

Tyler knurrte die Wildschweine an und wirkte dabei doppelt so groß wie sonst als Wolf. *Verschwindet. Sofort.*

Der nächste Moment zog sich eine gefühlte Ewigkeit hin. Spannung hing in der Luft wie ein unmittelbar bevorstehender Donnerschlag.

Tyler stieß ein einzelnes, kompromissloses Bellen aus. Einen Befehl. *Sofort!*

Die drei Wildschweine rückten stattdessen vor, und Tyler brüllte so laut, dass es von den umliegenden Hängen widerhallte. *Ich sagte, ihr sollt verschwinden!*

Sogar Lana erzitterte unter der Gewalt des Geräuschs, und die drei Wildschweine wichen zurück. Die beiden äußeren schwenkten die Köpfe zu dem in der Mitte, das vorrückte, schnupperte und schließlich grunzend kapitulierte. Alle drei neigten die Köpfe als widerwilliges Zeichen des Respekts. Lana sackte vor Erleichterung beinah gegen die Wand. Aber Tyler ließ nicht locker. Sein Grollen drang tief in die Schatten der Nacht, die es weiterzugeben schienen. *Alphawolf,* warnten sie. *Legt euch besser nicht mit ihm an.*

Dann richtete sich das Wildschwein in der Mitte auf, und aus dem Tier nahm ein Mann Gestalt an.

Lanas Gedanken überschlugen sich. Ein Halsbandpekari-Gestaltwandler?

Die langsame, schwerfällige Verwandlung ließ erahnen, dass er seine Gestalt nicht oft wechselte. Er richtete sich auf zwei

Beinen auf, streckte die Schultern nach hinten durch und bewegte den Kopf langsam von einer Seite zur anderen. Seine Gelenke knackten. Dieselben Geräusche gingen von den Knöcheln aus, als die Hufe Fingern wichen, die er beugte und streckte, beugte und streckte. Lana wartete das Ende der Verwandlung ab. Mit anderen Worten, bis sich die Spitzen seiner gebogenen Eckzähne hinter die Lippen zurückzogen und das Gewirr aus schwarzem Haar von seiner Brust und seinen Armen verschwand. Aber mehr folgte nicht. Er schien immer noch gerade mal zwei Stufen über einem Neandertaler zu stehen.

Gebaut war der Mann wie ein Gewichtheber. Nicht überragend groß, aber breit und muskulös, mit Fäusten wie Vorschlaghämmern und riesigen Füßen. Auch andere Teile seines nackten Körpers erwiesen sich als überdimensioniert, obwohl Lana ihren Augen nur einen flüchtigen Streifzug gestattete, bevor sie sich auf sein Gesicht konzentrierte.

In der einsetzenden Stille wurde ihr bewusst, dass Tyler nicht mehr knurrte, obwohl er die kampfbereite Pose beibehielt. Das Wolfsfell stand ihm zu Berge, die Beine wirkten sprungbereit.

Lothar, hörte sie ihn denken.

Kennst du den Kerl? Sie übermittelte die Frage in Tylers Kopf.

Er nickte kaum merklich. Offenbar kannte er den Mann gut genug, um ihm zuzuhören, statt sich sofort auf ihn zu stürzen.

Der Mann räusperte sich mit einer Reihe verschleimt klingender Laute, bevor er das Wort ergriff. „Wir sind… " Er hustete und bewegte den Unterkiefer hin und her, als wäre er eingerostet. „Wir sind vom Walderstein Rudel." Seine Stimme klang tief, rau und jahrhundertealt.

Tyler funkelte ihn an. Jedes bisschen Sanftmut, das Lana Minuten zuvor aus ihm herausgekitzelt hatte, war von stählerner Entschlossenheit verdrängt worden. Lana ballte die Hände zu Fäusten und fluchte innerlich. Den Teil daran, mit einem Alpha gepaart zu sein, konnte sie nicht ausstehen – den Teil, vor dem ihre Mutter sie immer gewarnt hatte. Es spielte keine Rolle, dass Tyler seinen Ruf und Rang bei den benachbarten Gestaltwandlern längst etabliert hatte. Er würde es bei diesen Gestaltwandlern erneut tun müssen. Die ständigen Herausforderungen nahmen kein Ende. Hatte Tyler nicht eine Pause davon verdient?

Sie schaute zu ihrem angespannten Gefährten, der keine Anstalten machte, sich in menschliche Gestalt zu verwandeln und Lothar zu antworten. Was sie durchaus nachvollziehen konnte. Immerhin standen drei mächtige Gestaltwandler nur zwei Schritte entfernt.

Meine Frau, posaunte seine unverrückbare Haltung in die Welt. *Mein Kind. Mein Rudel. Noch ein Schritt näher, und du stirbst.*

Lana räusperte sich laut und trat vor. Unmöglich abzusehen, wohin diese Begegnung führen könnte, wenn sie die Männer sich selbst überließe.

„Und warum seid ihr hier?", fragte sie die Halsbandpekaris.

Der Wildschweinwandler – Lothar – musterte sie mit zusammengekniffenen Augen und heftete den Blick dann auf ihren unübersehbaren Babybauch. Lana unterdrückte ein irritiertes Seufzen. Ja, sie war schwanger. Ja, Tyler war der Vater. Ja, sie vögelten sich gegenseitig bei jeder sich bietenden Gelegenheit um den Verstand. Na und? Sie waren Wölfe. Geliebte. Gefährten.

Lothars Blick stempelte sie als *hilfloses Weibchen* ab, und es juckte Lana, ihm ihre kriegerische Seite zu zeigen.

Die Wölfin in ihr siedete vor Zorn. *Sag ihm, er soll in ein paar Monaten noch mal kommen.*

Lana stimmte ein leises Knurren an, hütete aber die Zunge. Zeit, sich in Diplomatie zu üben, auch wenn sie lieber kämpfen wollte.

„Wir sind gekommen, um mit eurem Alpha zu reden." Lothars Worte klangen mehr nach einer Forderung als nach einer Bitte.

Lana verschränkte die Arme vor der Brust und deutete mit dem Kopf auf Tyler. „Dann rede."

Das Zögern des Mannes verriet mir, dass er erwartet hatte, sie würde ihm den Weg zum früheren Alpha des Rudels weisen. Zu Tylers Vater. Aber der Alte war im Ruhestand. Eine neue Generation arbeitete sich durch die Ränge hoch.

Tylers Knurren wurde tiefer. *Sag ihm, er kann mit uns reden.*

Uns. Gott, wie sie ihren Gefährten liebte. Für ihn war Macht keine Droge, sondern eine schwere Verantwortung. Die er selten jemand anderem anvertraute.

„Der Alpha des Rudels der Twin Moon Ranch wartet." Wieder deutete sie mit dem Kopf auf Tyler. Lothar mochte der Alpha seines eigenen Rudels sein, doch im Augenblick befand er sich auf dem Territorium der Twin Moon Ranch.

Der Wildschweingestaltwandler gab ein verhaltenes Grunzen von sich und ließ den Blick über Tyler schweifen, musterte ihn Quadratzentimeter für Quadratzentimeter. Als Tyler etwas mehr von seinen elfenbeinfarbenen Zähnen zeigte, lehnte sich Lothar von ihm weg. Er streckte die Nase hoch, schnupperte, überlegte und urteilte, während Lana mit den Zähnen knirschte.

Lothar sah erst sie an, dann Tyler und schließlich seine Begleiter. Den Narben an der Schnauze und auf dem Rücken nach zu urteilen, war der Keiler links ein alter Veteran zu vieler Schlachten. Der rechts wirkte jünger, weniger abgekämpft. Er ließ den Blick gesenkt, während er nervös mit den Hufen auf dem Boden scharrte. Wahrscheinlich der Sohn, der den Vater und den Onkel begleitete, bis er bereit wäre, sein Rudel zu übernehmen – falls er als würdig erachtet wurde. Wohl ein bisschen wie Tyler, bevor Lana ihn kennengelernt hatte.

Männer, brummte ihre innere Wölfin.

Lothar grunzte etwas so leise und undeutlich, dass sie es nicht verstehen konnte, aber die Wildschweine schienen zu einem Entschluss zu gelangen. Alle drei senkten noch einmal das Kinn und erwiesen dem Alpha des Twin Moon Rudels ihren Respekt.

Tyler knurrte unzufrieden weiter, bis sie die Häupter noch tiefer neigten. Er hatte nur eine Chance, bleibenden Eindruck bei ihnen zu hinterlassen.

Die Wildschweine fügten sich. Jedes der drei berührte mit dem borstigen Kinn beinah die Brust.

Schon besser, brummte Lanas Wölfin.

Als Lothar aufschaute, sprach aus seiner Haltung etwas weniger Schärfe und etwas mehr Respekt.

„In vergangenen Generationen waren wir mit deinem Rudel verbündet", begann er.

Tyler nickte knapp, bestätigte die Aussage. Wie Lana ihn kannte, würde er das Bündnis gern verlängern... sofern sich die Wildschweine als vertrauenswürdig erwiesen.

„Wir waren sehr viele Jahre lang weg... ", fuhr Lothar fort.

Das merkte Lana. Allem Anschein nach hatten sie diese Jahre ausschließlich in ihrer Tiergestalt verbracht. Jede Gestaltwandlerart unterhielt ein eigenes Gleichgewicht zwischen Mensch und Tier. Wildschweingestaltwandler hatten eindeutig einen ausgeprägten Hang zu ihrer tierischen Seite.

„Wir sind gekommen, um dem großen Jäger, der bei euch lebt, unseren Tribut zu zollen", erklärte Lothar. *Jäger* sprach er dabei wie einen förmlichen Titel und entsprechend ehrfürchtig aus.

Die beiden anderen Keiler nickten zustimmend.

Darum also ging es. Lana schaute zu Tyler und spürte, wie die Anspannung in seinem Körper nachließ. Natürlich wusste er genau, wen Lothar meinte. Nicht zum ersten Mal kamen Besucher auf das Gebiet der Twin Moon Ranch, um diesem besonderen Mitglied des Rudels die Ehre zu erweisen.

„Wann dürfen wir ihn sehen?" Lothar lehnte sich erwartungsvoll vor. Seine Begleiter taten es ihm gleich.

Lana verbarg ihr Lächeln und beschloss, nicht damit herauszuplatzen, dass der legendäre Jäger eine Sie war, kein Er. Eine Frau, die sich dem Rudel der Twin Moon Ranch nicht lange vor Lana angeschlossen hatte.

Tyler lief am Rand der Veranda auf und ab, ließ die Stille anhalten und die Wildschweine warten.

Tauchen sie immer so aus heiterem Himmel auf? Lana übermittelte die Frage wortlos in Tylers Kopf.

Oft. Er seufzte innerlich. *Eigentlich immer.*

Bist du ihnen schon mal begegnet?

Er nickte. *Sie waren mal hier, als ich noch ein Kind war.*

Lana verbarg ein Grinsen. Wenn sich Lothar an Tyler als kleinen Jungen erinnerte, wunderte sie nicht, dass ihn der Alphawolf überraschte, der ihm nun gegenüberstand.

Wildschweine sind nicht gerade für gute Manieren bekannt, aber sie haben sich immer mit uns verbündet, wenn wir sie gebraucht haben, erklärte Tyler. Mit seinem nächsten Atemzug seufzte er. *Allerdings ist das Timing lausig.*

Genau darin bestand das Problem. Abtrünnige, Vampire und sogar Menschen stellten eine Gefahr für den zerbrechlichen Frieden des Rudels dar, und die Wildschweine wären wertvolle Verbündete. Andererseits hatte sich Tyler größte Mühe gegeben, um ein paar Tage von der Arbeit wegzukommen. Wieder hatte sich Geschäftliches auf die Vergnügungsseite der Gleichung gemogelt.

Tyler lief weiter auf und ab, ließ sich seinen Unmut deutlich anmerken, während Lothar nicht von der Stelle wich und mit rot leuchtenden Augen zurückstarrte.

Das Patt glich einem Ritual, dem Äquivalent zweier Gorillas, die sich auf die Brust hämmerten, um die Hierarchie klarzustellen. Lana hatte solche Begegnungen unzählige Male bei ihrem Vater erlebt, dem Alpha des Wolfsrudels in den Berkshires. Das Gehabe konnte sich noch ewig fortsetzen, und ihre Geduld neigte sich dem Ende zu.

„Hört mal, wir sind für eine kurze Auszeit hergekommen", sagte sie im Versuch, einen Ausweg aus der Sackgasse zu finden. „Und ihr seht aus, als wärt ihr weit gereist. Warum kommst ihr nicht in drei Tagen noch mal vorbei, wenn mein Gefährte wieder im Dienst ist?" Lana seufzte, weil sie wusste, dass er rund um die Uhr im Dienst wäre, wenn sie es zuließe.

Sie übermittelte Tyler einen Gedanken. *Tina hat recht. Du musst Cody wirklich mehr Verantwortung übertragen.*

Die Wildschweine grummelten, also streckte Lana beschwichtigend die Hände aus. „Ihr seht aus, als könntet ihr auch eine Auszeit gebrauchen. Warum geht ihr nicht für ein paar Tage in den Ort?" Sie deutete mit dem Kopf nach Westen, wo sich hinter den Hügeln die nächstgelegene Siedlung verbarg. „Amüsiert euch ein bisschen."

Macht euch bei der Gelegenheit auch ein bisschen sauber, fügte ihre innere Wölfin naserümpfend hinzu. *Und besorgt euch Klamotten. Weil ich wirklich, wirklich nicht noch mal nackte Wildschweingestaltwandler aus der Nähe sehen muss.*

Die Bemerkung verleitete Lana dazu, einen zweiten Blick zu riskieren. Allerdings fiel es leicht, die Augen nicht verweilen zu lassen. Viele Frauen hätten vermutlich beeindruckt geglotzt. Sie hingegen hatte nur Augen für den unbezähmbaren Alphawolf, der sich vor ihr aufbaute.

„Was sollen wir drei Tage lang machen?" Lothar breitete die muskulösen Arme weit aus. Aber sein Tonfall klang nicht mehr so scharf wie zuvor. Vielleicht sehnte auch er sich nach ein wenig Freizeit.

Sie zuckte mit den Schultern. „Was habt ihr denn die letzten drei Tage lang gemacht?"

Er warf ihr ein verlegenes Grinsen zu. „Willst du das wirklich wissen?"

Sie lachte laut auf. Vielleicht war Lothar innerlich nicht so borstig, wie er nach außen hin wirkte.

„Und wofür braucht *ihr* drei Tage?" Lothar zog eine Augenbraue hoch.

Sie grinste. „Willst *du* das wirklich wissen?"

Lothar schüttelte schnell den Kopf. Das belustigte Funkeln in seinen Augen verriet, dass er den Schlagabtausch genoss. Lag vermutlich an zu vielen Monaten in Wildschweingestalt. Lana hätte selbst beinah unverhohlen gegrinst. Aber Tyler und der griesgrämige Keiler links gaben immer noch mürrische Laute von sich, also fuhr sie fort. „Warum geht ihr nicht in den Ort und genehmigt euch ein bisschen Spaß?"

Aber nicht zu viel, fügte ihre Wölfin hinzu, die eine Kneipenschlägerei vor Augen hatte.

„Dabei könnt ihr euch gleich saubermachen und zurückkommen, wenn wir wieder bei der Arbeit sind. Es gibt dort sogar einen Laden, der neuerdings ein besonderes Service anbietet. Nassrasuren für Männer."

Lothar fuhr sich nachdenklich mit der Handfläche über das stoppelige Kinn, und das Wildschwein links verstummte.

„Nassrasuren, ja?" Ein Hauch von Nostalgie schwang in Lothars Stimme mit.

Sogar Tyler verlangsamte bei dem Vorschlag die rastlosen Schritte. Prompt hielt Lana die Idee im Hinterkopf fest. Tyler, sie und eine sehr gründliche Rasur. Das mussten sie unbedingt mal probieren.

Jedenfalls konnte sie sich gut vorstellen, wie sich ihre Besucher den Luxus gönnten. Die drei Gestaltwandler würden Audreys kleinen Laden praktisch ausfüllen, die massigen Körper auf die Stühle zwängen und die Köpfe zurücklegen, um sich gut einschäumen und rasieren zu lassen. Sie würden andächtig wie Kirchgänger dasitzen, bis Audrey ihre Magie an ihnen wirkte und sie zum Lachen brachte – oder was immer bei ihren kiesigen Stimmen als Lachen durchgehen mochte. Dann würden sie den ältesten, heruntergekommensten Saloon der Ortschaft ansteuern, sich in eine dunkle Ecke hocken und auf die guten alten Zeiten anstoßen. Verdammt, wenn sie Tylers Vater überreden könnten, sich ihnen anzuschließen, würde der Whiskey in Strömen fließen. Und wer weiß? Vielleicht würden Tyler und sie einen zusätzlichen Tag Ruhe und Frieden gewinnen, bevor die Wildschweine wieder auf der Ranch aufkreuzten.

„Den Frisiersalon betreibt eines unserer Rudelmitglieder", fügte sie hinzu. „Die Rasur geht aufs Haus."

„Rasieren. Eine Auszeit. Gute Idee." Lothar entfernte sich flankiert von den beiden anderen Gestaltwandlern.

Tyler drehte seiner Gefährtin den Kopf mit großen Augen zu. *Du, meine Liebe, bist ein Genie.*

Das nennt man Diplomatie, Wolf. Solltest du mal ausprobieren.

Ich weiß nicht recht, schoss er zurück. *Ich finde, die Masche mit guter Bulle, böser Bulle funktioniert ziemlich gut.*

Lana verbarg ein Schmunzeln. *Ja, wir sind wirklich ein ziemlich gutes Team.*

Wir sind ein Spitzenteam, bestätigte er grollend.

Lust stieg in Lana auf, und plötzlich wollte sie nur noch vorspulen, bis Tyler und sie unter sich wären, sinnlich ineinander verschlungen. Sündhaft nah. Und allein. Ganz allein.

Glaub mir, Liebste, ich arbeite daran, sagte er, als er ihre Gedanken las. *Dauert nicht mehr lange.*

Kapitel 6

Tyler beobachtete, wie sich die Wildschweine ins Gebüsch zurückzogen, dann schüttelte er kräftig das Fell durch. Er konnte es immer noch nicht fassen. Eine Minute lang hätte es so oder so ausgehen können, und sein Wolf wäre mit Freuden tätig geworden. Durch Lanas Schwangerschaft war der Instinkt, erst zuzuschlagen und danach Fragen zu stellen, ausgeprägter denn je zuvor. Auch wenn er es dafür mit mehreren Hundert Pfund Muskelmasse auf Hufen hätte aufnehmen müssen.

Es war das übliche Spiel: Die alte Garde beäugte ihn wie einen Hochstapler, und er starrte trotzig zurück. Die Pattstellung hätte sich die ganze Nacht hinziehen können. Aber wieder einmal hatte Lana mit den richtigen Worten im richtigen Ton eingegriffen und die Lage entschärft. Und nicht nur das: Sie hatte Lothar bereits für sich eingenommen, was einem erneuten Bündnis nur zuträglich sein konnte. Verbündete konnte das Rudel immer gebrauchen. Um sie herum herrschte eine dunkle, gefährliche Welt, auch wenn seine Gefährtin sie mit Sonnenschein erfüllte.

Seine unglaubliche, intelligente, hinreißende Gefährtin, die an der Tür zur Hütte stand wie die Torwächterin zu einem geheimen Reich, das nur er betreten durfte.

Sein Körper schrie danach, die Einladung anzunehmen. Aber im Augenblick ging das nicht. Die Wildschweine mussten erfahren, mit wem sie es mit ihm als neuem Alpha des Rudels der Twin Moon Ranch zu tun hatten.

Er folgte ihnen zehn Meilen weit durch das Gestrüpp und achtete darauf, im Wind zu bleiben, damit sie ihn witterten. Zusätzlich tappten seine Füße laut genug, um sie wissen zu lassen, dass er ihnen dicht auf den Fersen und nicht erfreut war.

Als er die Begegnung noch einmal im Kopf ablaufen lief, entschied er, dass die Botschaft unmissverständlich war. Die Wildschweine wussten genau, mit wem sie es zu tun hatten: mit einem beeindruckenden Alpha-Paar. Mit Lana und ihm. Wie sein Vater all die Jahre allein zurechtgekommen war, blieb Tyler ein Rätsel.

Könnte er das auch, wenn er müsste? Ja. Wollte er es? Verdammt, nein!

Er beobachtete, wie die Keiler den westlichsten Rand des Twin Moon Territoriums überquerten. Eine weitere potenzielle Bedrohung entschärft, weitere potenzielle Verbündete gefunden. Auch wenn er nicht vorhatte, mit den Wildschweinen ein Risiko einzugehen. Tyler kehrte erst zur Hütte zurück, als sein Rudelkamerad Kyle eintraf, um die Beobachtung für den Rest des Wegs in den Ort zu übernehmen.

Dann rannte Tyler schnell und befreit, weil er zu seiner Gefährtin wollte. Er duckte sich unter Graudorn hindurch, wich Feigenkakteen aus und pflügte durch die Nacht, bis er den sanften gelben Schimmer einer Öllampe auf der Kuppe des Hügels erblickte. Zuhause.

Gefährtin.

An der offenen Tür blieb er stehen und schaute hinein.

Lana lag mit geschlossenen Augen auf der Seite im Bett. Der Schein der Lampe warf sanfte Schatten auf ihr Gesicht. Den Mann in ihm juckte es, hinüberzugehen und die Lippen auf ihre zu drücken. Aber der Wolf war dazu nicht ganz bereit. Also tappte er leise auf vier Füßen hinüber und schob den Kopf vorsichtig unter ihre Hand. Sie musste nicht aufwachen und ihn kraulen. Er brauchte nur ihre Berührung.

Aber sie wachte auf, und sie kraulte ihn, zuerst abwesend, noch im Halbschlaf. Allmählich wurde die Bewegung bewusster. Ihre Finger streichelten und rieben beruhigend die restliche Anspannung aus seinem Körper. Obwohl alles gut ausgegangen war, hatte es ihm einen Mordsschrecken eingejagt, dass drei Gestaltwandler unangekündigt mitten in der Nacht aufgetaucht waren, eine potenzielle Bedrohung für seine Gefährtin und sein ungeborenes Kind.

Das war das Schlimmste an der Liebe. Bevor er Lana begegnet war, hatte er vor nichts Angst gehabt. Mittlerweile vor so vielem – ein Gefühl, das sich mit dem nahenden Baby verdoppelte. Aber durch die Liebe wurde er nicht nur verletzlich, sondern auch stärker, denn damit hatte er etwas Greifbares, wofür es sich zu kämpfen lohnte – einen noch mächtigeren Antrieb als Pflicht und Ehre. Das würde er gegen nichts eintauschen.

Und auch auf diese Ohrmassage hätte er für nichts verzichtet. Lana hatte recht. Sie konnten sich von ständigen Gedanken an den schlimmstmöglichen Fall den Tag verderben lassen, oder sie konnten leben. Lieben. Genießen.

Er schnurrte so geräuschvoll, dass die Laute von den Dachsparren widerhallten. Der Wolf war beinah zufrieden. Bald würde der Mann an der Reihe sein, und er wollte nicht nur die Ohren gekrault bekommen.

Er ertappte Lana dabei, dass sie ihn beobachtete. Der hungrige Ausdruck in ihren Augen verriet ihm, dass sie bei dem Plan mit an Bord wäre.

„Wildschweingestaltwandler, hm?", sagte sie laut.

Sein Wolf zuckte mit den Schultern und lehnte sich gegen ihre Hand, bat sie, den Druck beizubehalten.

In den Berkshires gibt es Sasquatch. Wir haben hier eben Wildschweine.

Sie lachte. „Ja, aber Sasquatch sollen groß sein. Wildschweine hingegen... Also, ich habe noch nie so große gesehen."

Ich zeige dir, was groß ist, brummte er und zog sich zurück.

Kurz verschwamm alles, während er sich verwandelte. Dann sickerte wieder Farbe in seine schwarz-weiße Welt. Er war wieder ein Mensch, kauerte noch neben dem Bett und streckte die Hand aus, um Lanas schmales Gesicht zu streicheln.

„Ich warte, Alpha", hauchte sie mit sinnlicher Stimme.

„Nicht lange." Tyler schlüpfte neben ihr unter die Laken.

Er dachte bereits darüber nach, wie sie es diesmal gestalten würden, denn das Baby wurde allmählich groß genug, dass es mit ihm oben kaum noch ging. Aber Lana war seinen Gedanken wie immer drei Schritte voraus. Sie rutschte zur Seite, schaffte

Platz für ihn, dann rappelte sie sich auf die Knie, kauerte sich rittlings über ihn und beugte sich tief vor, um sein Gesicht zu küssen. Ihr Haar bildete einen Vorhang, der den ersten Kuss verbarg, als würden sonst vielleicht die Sterne gucken wollen. Sie küssten sich einmal... zweimal... dreimal, jedes Mal inniger und leidenschaftlicher, bis den Raum ein animalisches Knistern erfüllte.

Dafür lohnt es sich zu kämpfen, brummte sein Wolf. *Meine Gefährtin.*

Ihre Hüften geilten ihn auf, glitten an seinem Körper auf und ab, ließen ihn aber nicht ganz in sie eindringen. Nicht, bevor er die Hände an ihrem Oberkörper hochwandern ließ und mit den Daumen über ihre Brustwarzen strich, bis sie sich steif aufrichteten. Als sie das Becken senkte, um ihm eine Kostprobe zu bescheren, stülpte er die Lippen über einen Nippel und füllte sich den Mund mit ihrem Geschmack.

„Gott, das ist so schön", hauchte sie.

Nicht nur für dich. Tylers innerer Wolf grinste.

Er ließ die Zunge kreisen und saugte kräftig, sehnte sich danach, die letzten inneren Spannungen zu lösen. Die Außenwelt sollte ruhig für eine kleine Weile verblassen. Es sollte nur sie beide geben, die sich gegenseitig einen natürlichen Rausch bescherten.

Lana gab einen erstickten Laut von sich, lehnte sich zurück und sah ihm mit einem Blick in die Augen, der besagte: *Bereit für den Ritt?*

Bereit? Er war für sie geboren und sie für ihn. Tyler war immer bereit für seine Gefährtin.

Als sie die Schenkel über ihm weiter spreizte, spürte er, wie das Paradies seine sehnsüchtige Eichel kitzelte.

„Lana", stieß er stöhnend hervor. Ewig könnte er sich nicht davon abhalten, ihre Hüften zu packen und sie nach unten zu drücken.

„Ja, Liebster?", neckte sie ihn.

„Ich warte." Es drang als Mischung aus einem leisen menschlichen Lachen und dem Knurren eines Wolfs heraus.

„Versprich mir, nicht mehr Kapitel sechs zu lesen."

„Erpressung!", klagte er.

„Versprich es.“

„Kein Kapitel sechs mehr, und du steckst bei der Arbeit zurück.“

„Abgemacht.“ Sie nickte zufrieden, als hätte sie ihren Kampf gewonnen.

Aber auch er hatte gewonnen. Und gleich würde er noch mehr gewinnen, denn Lana ließ die Hände über seine Brust wandern. Dann lehnte sie sich zurück und nahm ihn in sich auf, Zentimeter für Zentimeter. Dabei begegnete sie ununterbrochen seinem Blick. Er musste an sich halten, damit seine Augen nicht nach oben rollten oder er sich mit einem gierigen Stoß in sie bohrte. Mit den Lidern auf halbmast beobachtete er, wie sie den Rücken durchwölbte und ihn tiefer aufnahm. Er neigte die Hüften nach oben und zog ihre nach unten, glitt in sie und hörte, wie sie seinen Namen beinah sang.

„So gut“, murmelte Lana.

Er wiederholte ihre Worte in ihren Gedanken, denn zum Sprechen fehlte ihm gerade die Kontrolle. *So gut.*

Dann wiederholte er die Bewegung. Diesmal senkte sich Lana heftiger und umklammerte ihn so fest, dass seine Sicht flackerte. Sie begann einen sinnlichen Tanz und gab dabei wimmernde Laute von sich. Und jedes Mal, wenn er dachte, sie würde sich gleich auflösen, zog sie sich zurück und ließ ihn zappeln, bevor sie sich wieder auf ihn senkte.

„Du bringst mich um“, platzte er mit belegter Stimme heraus.

„Mein armer Gefährte. Musst so sehr leiden.“

Er ließ sie weitermachen, denn ja – verlockender als so konnte der Tod nicht aussehen. Lanas Augen leuchten, ihre Haare schwangen, die Brüste wackelten, während sie ihn wie einen Bronco ritt. Nun ja, vielleicht wie einen Bronco, der sich nicht allzu viel Mühe gab, sie abzuwerfen.

Wenig später stöhnte er etwas, das er selbst nicht verstehen konnte, als jeder Teil seines Körpers in den Bewegungen aufging. Auch Lana schwebte dem Gipfel entgegen, und als er sich in ihr entlud, erbebte sein gesamter Körper und versteifte sich. Alle seine Sinne stimmten sich darauf ein, wie herrlich es sich anfühlte, seine Gefährtin auszufüllen.

Sie stieß einen tiefen, langsamen Atemzug aus und senkte sich nach und nach zufrieden auf seine Brust. Dann glitt sie von ihm, rollte sich neben ihm ein und schmiegte die Nase an seinen Hals.

Gott, das könnte er ewig machen. Sie festhalten. Sie befriedigen. Sie lieben.

In seinem Kopf ertönte ihr leises Lachen. *Nur zu, Liebster. Nur zu.*

Teil 3: Zufällige Begegnungen

Was passiert, wenn aus zwei drei werden? Finde es in dieser Kurzgeschichte heraus, in der Alphawolf Tyler Hawthorne zu Hause bleibt, um das Baby zu hüten, während seine Gefährtin Lana zu einem Mädelsabend loszieht – nach Wolfsart. Was könnte unter dem Wüstenmond schon schiefgehen?

Kapitel 1

„Bist du sicher, dass du es hinbekommst?" Lana strich mit der Hand zärtlich über Tylers Arm.

„Ich hab alles im Griff."

Er verlagerte das Baby in seinen Armen und hoffte inständig, dass er nicht gelogen hatte. Gut, er hatte sich noch nie eine ganze Nacht lang allein um das Baby gekümmert. Und wenn schon. Ein Alphawolf, Anführer des Rudels der Twin Moon Ranch, kam mit allem zurecht, oder?

Die kleine Tana schaute mit ihren dunklen, erdfarbenen Augen zu ihm auf. Prompt vollführte sein Herz diese kleine Pirouette, die es nur bei ihr machte.

„Ich könnte früh zurückkommen", schlug Lana vor.

Tyler schüttelte den Kopf. Auf keinen Fall würde er zulassen, dass seine Gefährtin die erste Nacht verpasste, die sie seit langer, langer Zeit für sich beanspruchte. Alle Wölfe brauchten dann und wann einen ordentlichen Mitternachtslauf durch die Hügel, und dabei war Lana zuletzt viel zu kurz gekommen. Erst die Schwangerschaft – neun lange Monate ohne eine einzige Verwandlung in Wolfsgestalt –, dann die ersten Wochen der Eingewöhnung mit dem Baby. Ganz zu schweigen von den Stunden, die Lana trotz der Proteste ihres Gefährten in die Arbeit steckte.

„Ich schaffe das", wiederholte er. „Jetzt husch."

Allerdings hatte er Mühe, es überzeugend auszusprechen. Nun, da sie an der Haustür standen, kurz davor, sich voneinander zu verabschieden, wollte er sie nicht wirklich gehen lassen. Es fühlte sich an wie damals, als er fünf oder sechs Jahre alt gewesen war und seine Mutter für immer fortging. Dieses bleierne Gefühl von Übelkeit kehrte in seinen Magen zurück, der schrie: *Lass sie nicht gehen!*

Was lächerlich war, denn Lana verließ ihn ja nicht. Sie brach nur zu einem Mädelsabend nach Wolfsart mit ihrer Freundin Josie auf. Die beiden konnten mit allem fertigwerden, was ihnen über den Weg laufen mochte. Außerdem würden sie auf Rudelgebiet bleiben. Es wäre also vollkommen gefahrlos, oder?

Die Logik versicherte es ihm. Dennoch sträubten sich seine Instinkte mit Zähnen und Klauen dagegen.

Wir sollten mit ihr laufen, meldete sich sein Wolf knurrend zu Wort.

Wir haben Babydienst. Schon vergessen, Papa Wolf?

Sein inneres Tier ließ ein Schnauben vernehmen, das mit einem rührseligen Seufzen endete. Es hatte dieselbe hilflose Schwäche wie er bei allem, was sich um das kostbarste kleine Bündel der Welt drehte.

Besagtes Bündel klammerte sich gerade an seinem Hemd fest. Die Kleine machte ein glücklich klingendes Bäuerchen, weil sie eben erst gefühlt literweise Muttermilch geschlürft hatte. Damit blieben Lana vier Stunden bis zur nächsten Fütterung, also sollte sie sich besser beeilen.

Sie beugte sich über seine Schulter, um die seidenweiche Wange ihrer Tochter zu streicheln, bevor sie es bei Tylers stoppeliger Kieferpartie wiederholte. „Bist du sicher?"

Sanft löste er sich von ihr, denn wenn er seine Gefährtin noch eine Sekunde länger berührte, würde er sie zurück ins Haus ziehen, umklammern und anflehen: *Bitte geh nicht!*

„Klar. Kinderspiel."

Es war auch einfach. Theoretisch. Er hatte alles schon mal gemacht: wickeln, füttern, Bäuerchen, das volle Programm. Er hatte sogar gelernt, wie man ein hilfloses, vier Monate altes Kind bei Laune hielt. Und Wunder, oh Wunder, er stellte sich dabei gar nicht schlecht an. Allerdings war Lana dabei immer gleich um die Ecke gewesen, falls er sie brauchte. Diesmal fühlte es sich irgendwie anders an.

Gott, das Leben war einfacher gewesen, als er nur eine Ranch zu führen, sich mit seinem Vater herumzuschlagen und Feinde des Rudels abzuwehren hatte. Andererseits hieß einfacher nicht automatisch besser, und er würde sein neues Leben gegen nichts eintauschen wollen.

„Du wirst mit Josie jede Menge Spaß haben", sagte er und versuchte, sich selbst genauso sehr wie Lana davon zu überzeugen. „Werden Tana und ich übrigens auch haben. Stimmt's, Möhrchen?" Er hielt das Baby hoch und beobachtete, wie die Kleine mit einer Reihe strampelnder Tritte und fuchtelnder Armbewegungen reagierte. Er konnte sich ein Grinsen nicht verkneifen, denn seine Tochter war das stärkste und geschickteste Baby westlich des Mississippi. Ein echter Champion. Nicht, dass es ein Wettbewerb wäre oder so. Trotzdem...

Lana kicherte und fing an, sich auszuziehen, um sich auf die Verwandlung in Wolfsgestalt vorzubereiten.

Tylers Wolf winselte, der nimmersatte Mistkerl.

Nur zu gern hätte er sie begleitet. Aber sie waren beide noch nicht bereit, die Kleine in jemandes Obhut zu lassen, jedenfalls nicht für mehrere Stunden. Tyler war als Kind oft genug bei Verwandten abgeladen worden, um zu wissen, dass er das für sein Kind nicht wollte. Mehr als ein paar schnelle Läufe bei Sonnenuntergang, während seine Schwester Tina oder Tante Milly auf das Baby aufgepasst hatten, war für Lana und ihn bisher nicht drin gewesen.

Wir haben dauernd die Möglichkeit zu laufen, sagte er zu seinem Wolf. *Diese Nacht gehört Lana.*

Eine sandbraune Wölfin trabte in Sicht und ließ ein leises Schnauben vernehmen. *Bereit, Lana?,* fragte Josie in Wolfssprache.

Lana sah Tyler an, und er verlor sich beinah in diesen himmelblauen Augen.

„Los geht's." Behutsam schob Tyler sie zur Tür.

„Liebe dich." Lana stürmte kurz für einen Schmatz auf seine Wange an und rieb sein rechtes Ohr ein wenig.

Sein Wolf wedelte lustvoll mit dem Schwanz. *Mein. Gefährtin.*

„Liebe dich." Er streichelte mit einer Hand über ihren Rücken. „Viel Spaß."

Dir auch, gab Lana mitten in der Verwandlung zurück. Ihr Rücken krümmte sich, ihr Kiefer streckte sich, und einfach so war seine wunderschöne, perfekte Gefährtin eine wunderschöne, perfekte Wölfin.

Siehst du? wandte er sich an sein inneres Tier. Eine so reibungslose Verwandlung deutete darauf hin, dass Lanas innere Wölfin darauf gebrannt hatte, herausgelassen zu werden. *Siehst du, wie sehr sie das braucht?*

Lana schüttelte ihr Fell und schlängelte sich zu einer Wolfsumarmung um seine Beine. Als sie sich von ihm löste, weinte ein Teil von ihm. Mit erst einem, dann noch einem leichtfüßigen Schritt trabte die langbeinige Schönheit zu Josie hinüber. Die Freundinnen begrüßten sich mit enthusiastischem Schwanzwedeln, dann trotteten sie in die Nacht davon.

Tyler seufzte und schaute ihnen nach.

Ruhig, sagte er sich und klopfte dem Baby sanft auf den Allerwertesten.

Sein Wolf winselte, und Tyler tätschelte auch ihn in Gedanken.

Es wird alles gut. Die zwei sind vollkommen sicher.

Das Tier in ihm knurrte.

„Wir schaffen das", murmelte er laut und versuchte, sie beide zu beruhigen. „Wir schaffen das."

Kapitel 2

Wie fühlt es sich an, frei zu sein? Josie kicherte, als sie an den unteren Scheunen vorbeitrabten.

Lana zwang sich zu einem unbekümmerten Ton. *Richtig gut. Großartig.*

Und es tat wirklich gut, ihrer Wölfin endlich freien Lauf zu lassen. Aber die Schuldgefühle ließen sie wie dicke, klebrige Fäden nicht los. Denn sollte eine gute Mutter nicht bei ihrem Kind bleiben?

„Eine gute Mutter", hatte ihre eigene Mutter bei ihrem letzten Telefonat gemeint, „kümmert sich auch um sich selbst."

Was wohl stimmen musste. Es juckte Lana schon seit Monaten nach Auslauf, und ihre Wölfin brauchte ihn dringend. Das Tier war so lange eingesperrt gewesen, es kam einem Wunder gleich, dass es noch nicht rebelliert hatte.

Also ja – sie brauchte und wollte diesen Ausflug. Die Wüste bei Nacht war wunderschön – und gleich doppelt schön, wenn die scharfen Sinne ihrer Wölfin sie genießen konnten. Den Duft der Blumen... Den Hauch von Statik eines Gewitters, das irgendwo jenseits des Horizonts vorbeizog... Das leichte Nachgeben der Erde unter ihren Fußballen. Sie saugte alles in sich auf wie verschiedene Geschmacksrichtungen in einer Eisdiele – auch das hatte sie sich während der Schwangerschaft gegönnt. Grinsend erinnerte sie sich an all die nächtlichen Ausflüge in den Ort, mit denen Tyler sie bei Laune gehalten hatte. Sie hatte etliche Waffeltüten mit zwei Kugeln verspeist, während Tyler neben ihr gestanden und ausgesehen hatte, als wäre er derjenige, der sich mächtig verwöhnte. In gewisser Weise traf das ja auch zu, denn als sie anschließend nach Hause und ins Bett gekommen waren...

Lanas Haut kribbelte allein beim Gedanken daran.

Die Geburt des Babys hatte ihre leidenschaftlichen Nächte nicht lange unterbrochen, und Lana vermutete, auch diese Nacht würde in mehr als einer Hinsicht denkwürdig werden. Ein langer, mitternächtlicher Lauf hatte etwas an sich, das Urbedürfnisse weckte. Sogar bei zwei vom Schicksal auserkorenen Gefährten, die keinen besonderen Anlass brauchten, um ihre Körper überall und jederzeit sinnlich zu vereinen.

Aber das würde später kommen. Vorerst wollte sie die Gelegenheit nutzen, den indigoblauen Sternenhimmel zu genießen und die weitläufigen Panoramen, die nur die Wüste bieten konnte.

Josie und sie trabten den Hang zu den oberen Koppeln hinauf, wo schläfrige Pferde mit den Schwänzen wedelten und eine Eule von der Traufe der Scheune rief. Eine einsame Platane warf im Licht des Dreiviertelmonds schwache Schatten und säuselte im Wind. Zikaden sangen ihren nächtlichen Chor. Ein Waldkaninchen sprang aus einem Busch hervor und hoppelte davon.

Josie beachtete es nicht und trottete gemächlich dahin. Als sie schließlich in Laufschritt verfiel, behielt sie ein überschaubares, zurückhaltendes Tempo bei. Lana hätte beinah protestiert, aber ihre Wölfin erhob Einspruch dagegen.

Wir haben das Baby erst vor vier Monaten bekommen. Überfordere uns nicht.

Als ob du irgendetwas von der Arbeit gemacht hättest, konterte Lana.

Ich habe sehr wohl meinen Beitrag geleistet, rechtfertigte sich das Tier.

Wie zum Beispiel?

Ich habe gebrütet, erklärte die Wölfin schnaubend. *Weißt du eigentlich, wie wichtig das ist?*

Lana versuchte, ein Kichern zu unterdrücken, was ihr nicht ganz gelang.

Josie drehte im Laufen den Kopf. *Worüber lachst du?*

Lana formulierte die Antwort vorsichtig. *Über mich. Ich bin noch ein bisschen außer Form.*

Josie schnaubte. *Wenn du das außer Form nennst, dann erinnere mich daran, nicht gegen dich anzutreten, wenn du dich fit fühlst.*

Erinnere du mich daran, überhaupt nie gegen dich anzutreten, gab Lana lachend zurück.

Genau, murmelte Josie. *Genau.*

In Wirklichkeit waren sie sich ziemlich ebenbürtig. Und falls Lana bei der Geschwindigkeit die Nase etwas vorn hatte, dann bestach Josie durch genug Ausdauer für das, wofür sie geboren worden war: das Rudel als Herrin der Jagd anzuführen. Aber in dieser Nacht ging es weder um einen Wettbewerb noch um eine Jagd. Nur um zwei Freundinnen, die zusammen die Freiheit eines Ausflugs unter den Sternen genossen.

Sie liefen direkt an dem Hügel vorbei, den Lana als den Thron des Prinzen betrachtete. Auf der Kuppe war sie Tyler vor vier Jahren zum ersten Mal in Wolfsgestalt begegnet. Vier Jahre, die für sie alles auf die bestmögliche Art verändert hatten. Sie war nicht nur glücklich gepaart und die Alpha-Frau des Rudels, sondern auch Mutter. Noch dazu des süßesten Babys aller Zeiten. Und als doppelter Segen kam ein hingebungsvoller Gefährte hinzu.

Über den Kindersegen durfte sich nicht jede Wölfin freuen. Sie spähte zu Josie, und die Frage rutschte ihr heraus, bevor sie sich bremsen konnte.

Versucht ihr zwei es immer noch?

Josies Schritte stockten ein klein wenig, bevor sie sich fing und weiterlief, wenngleich ein wenig steifer als zuvor.

Ja. Aber unsere Zeit wird kommen.

Allerdings klang sie dabei niedergeschlagen, und Lana wünschte, sie könnte sie irgendwie trösten. Aber was konnte sie schon sagen? Wolfsgestaltwandlerinnen wurden notorisch schwer schwanger. Und obwohl vorherbestimmte Gefährten in der Regel nicht unter dem Problem litten, hatten Josie und Lance bisher kein Glück gehabt.

Meine Mutter hatte drei Totgeburten, bevor sie mich bekommen hat, fügte Josie leise hinzu. *Meine Großmutter hatte auch ein paar. Hängt wohl mit der Blutlinie zusammen...*

Josies besonderer Status hatte auch eine Kehrseite – nicht zuletzt deshalb galt eine wahre Herrin der Jagd als seltene und begehrte Wölfin.

Eure Chance kommt noch. Lana legte Überzeugung in ihre Worte. *Ganz sicher.*

Vielleicht, flüsterte Josie. *Irgendwann.*

Auch sie klang nicht allzu überzeugt.

Der halbe Spaß ist ja, es zu versuchen, streute Lana einen Scherz ein, auf den Josie mit einem verhaltenen Kichern reagierte. *Und eines Tages können wir Lance zusammen mit Tyler zum Wickeln abkommandieren.*

Da brach Josie in Gelächter aus, und Lana stimmte darin ein.

Wenn das mal nicht ein denkwürdiges Bild wäre, meinte Josie kichernd. *Kannst du dir das vorstellen?*

Lana lächelte innerlich und äußerlich, weil sie es sich tatsächlich vorstellen konnte. Zwei große, böse Wölfe, die sich über einen Wickeltisch beugten und sich Klebelaschen von den Fingern schälten, während sie versuchten, Windeln richtig anzubringen.

Ich kann schon hören, wie sie untereinander beratschlagen, sagte sie leise lachend.

Die ersten paar Male hatte Tyler der Kleinen die Windel verkehrt herum angelegt, was ziemlich unterhaltsam war, doch er hatte den Dreh ziemlich schnell herausbekommen. Das fand Lana so unfassbar süß – ihr Wüstenwolf, der sich solche Mühe als Vater gab.

Mein Vater hat sich darum nie geschert, verriet sie Josie. *Ich kann nicht glauben, dass meine Mutter ihn damit hat davonkommen lassen.*

Tja, ich werde nicht zulassen, dass sich Lance davor drückt. Josie lachte.

Lana schüttelte den Kopf. Lance *wird ein toller Vater. Er wird sich gar nicht davor drücken* wollen.

Lana konnte beobachten, wie sich ein Lächeln über Josies Schnauze ausbreitete. Dann seufzte sie ein wenig. *Ja, er wird ein toller Vater. Wenn er überhaupt einer werden darf...*

Eure Chance kommt noch. Ganz sicher.

Danach liefen sie schweigend weiter und hingen jeweils ihren eigenen Gedanken nach. Lana versank sogar so tief darin, dass sie unachtsam wurde, als sie um den Fuß der Crow Mesa herum und auf der anderen Seite in eine Schlucht hinunterrannten. In der einen Minute lief sie noch hinter Josie her, in der nächsten wäre sie beinah mit ihrer Freundin zusammengestoßen, als sie in einer kleinen Senke abrupt anhielt.

He! protestierte Lana und stupste Josie in die Seite. *Was...*

Ihre Nasenflügel blähten sich, witterten einen fremden Geruch. Jedes Härchen ihres dichten Wolfsfells sträubte. Instinktiv senkte Lana den Kopf, um die Kehle zu schützen. Sie stimmte ein tiefes, leises Knurren an.

Ein höheres, kratziges Jaulen hallte zwischen den Wänden der Schlucht wider. In den Tiefen der Nacht leuchteten drei Paare goldgelber Augen. Bedrohlich. Zornig. Aufgeschreckt.

Lana und Josie knurrten ihre eigene Warnung zurück. Immerhin befanden sie sich in ihrem Territorium. Dem Territorium der Twin Moon Ranch. Diese Eindringlinge hatten kein Recht, sich hier aufzuhalten!

Die letzten unerwarteten Besucher auf der Ranch hatten sich als drei riesige Wildschweine erwiesen, aber das war damals gut ausgegangen. Diesmal war sich Lana nicht so sicher. Zum einen starrte sie gerade einer völlig anderen Tierart entgegen. Zum anderen waren Josie und sie mit zwei zu drei in der Unterzahl.

Kein Grund zur Beunruhigung, sagte sie sich vor, glaubte es jedoch nicht mal selbst. Diesmal nicht.

Kapitel 3

Tyler ging im Haus herum und schaltete für Baby Tana das Licht ein und aus, denn das stellte so ziemlich ihre liebste Form der Unterhaltung dar. Das und das Greifen nach seiner Nase, seinen Lippen oder seinen Ohren. Was sie schon ziemlich gut konnte. Dann ging er mit ihr hinaus auf die hintere Veranda und ließ sie die Nacht schnuppern wie eine brave kleine Wölfin. Verwandeln würde sie sich zwar nicht vor der Pubertät können, trotzdem konnte man nie zu jung anfangen. Er wollte, dass seine Tochter stark wurde. Stolz. Dass sie sich mit alten Traditionen und mit neuen auskannte. Er wollte, dass sie. . .

An der Stelle trat er hart auf die Bremse. Er wollte, dass sie einen eigenen Willen und ein eigenes Leben bekam. Also sollte er verdammt noch mal aufhören, eine Liste davon zu erstellen, was er für sie wollte. Mehr als gesund, glücklich und sicher sollte darauf nicht stehen. Tyler wiegte sie wieder, schnupperte die Nachtluft und fragte sich, was Lana gerade trieb. Er musste gegen den Drang ankämpfen, den Kopf zurückzuwerfen und zu seiner Gefährtin zu heulen. Immerhin war es ihre freie Nacht, richtig?

„Ba", sagte Tana und schnappte sich sein Ohr. „Ba."

„Da", versuchte er es. „Da."

„Ba", brabbelte sie freudig.

Okay, bis sie *Dad* sagen könnte, würde es wohl noch eine Weile dauern. Angespannt warf Tyler einen Blick nach Südwesten, wo das Haus seines Vaters stand. Irgendwo außer Sicht, Gott sei Dank. Er hatte sich noch nie so viele Gedanken über seinen Vater gemacht wie in den letzten neun plus vier Monaten. Hatte der Mann je bis spät in die Nacht hinein winzige Zehen an winzigen Füßchen bewundert? War er je bei den süßen brabbelnden Lauten seiner Sprösslinge dahingeschmolzen? Hatte er es überhaupt versucht?

Falls ja, hatte Tyler nie etwas davon bemerkt.

Er trat gegen die Erde. Etwas stand für ihn verdammt fest: So ein Vater würde er nicht werden.

„Bda!", quiekte Tana und zog an seiner Nase.

Er starrte sie an. Hatte er gerade ein *Da* gehört?

„Ba!"

Er schmiegte sie an seine Brust und blickte über die schlummernde Wüste. Tanas winziges Herz schlug an seinem, und er konnte immer noch nicht fassen, dass er daran mitgewirkt hatte, dieses kleine Bündel Perfektion zu erschaffen. Er schloss die Augen und kehrte in Gedanken an den Tag zurück, an dem es geschehen war. Denn er konnte sich an den Tag, die Minute und die Sekunde erinnern.

Er hatte damals die Ranch auf der Suche nach jemanden oder etwas durchquert. Genau wusste er den Grund nicht mehr, obwohl es ihm damals dringend vorkam. Zumindest so lange, bis er mitten im Schritt erstarrte, steif wie eine Statue. Jeder Muskel in seinem Körper zog ihn plötzlich in die entgegengesetzte Richtung. Er schnupperte die Wüstenluft, und plötzlich war er da. Der Ruf. Der Ruf, unverzüglich zu seiner Gefährtin zu eilen. Die hauchzarte Wüstenbrise fühlte sich auf einmal wie in ein Orkan an, der ihn zurückdrängte.

Gefährtin. Sofort. Los.

Also machte er kehrt und ging den Weg zurück, den er gekommen war. Er stürmte drei Stufen auf einmal nehmend die Treppe zu Lanas Büro hinauf und durch die offene Tür hinein.

„Hey", rief Lana über die Schulter.

Eine Sekunde lang hielt er inne und ließ seine perfekte Gefährtin auf sich wirken. Groß, schlank und völlig ungezwungen, als wäre ihr nicht klar, dass dies der bedeutendste Moment ihres Lebens war.

Lana strich mit den Fingern über eine offene Schublade eines Aktenschranks, konzentriert auf irgendeine Aufgabe. Typisch für seine Gefährtin: Sie ging so in ihrer Arbeit auf, dass sie die Signale ihres eigenen Körpers nicht wahrnahm. Dieselben Signale, die ihn klar und deutlich auf der anderen Seite der Ranch erreicht und ihn aufgefordert hatten, sich in Bewegung zu setzen. Ein süßer, satter Duft wie von roten Rosen nach einem seltenen Regen.

Er schloss die Tür ab, denn er konnte niemanden gebrauchen, der mit irgendeinem Unsinn daherkäme, für den in einem solchen Moment niemand Zeit hatte. Mit zwei Schritten trat er hinter Lana und fuhr ihr mit einer Hand über den Rücken. Seine Nase strich an ihrem Nacken entlang. Eindeutig. Der Duft besagte: *Bereit. Reif.* Was für eine Klassefrau wie Lana irgendwie derb erschien. Aber verdammt, so nannte es die Natur nun mal, also musste es wohl so sein.

„Lana", sagte er. Oder versuchte es zumindest, doch er brachte es nicht ganz heraus. Sein Körper reagierte bereits – seine Hände streichelten ihre Seiten, das Blut schoss ihm in tiefere Gefilde. Nur seine Lippen hinkten hinterher.

„Hey, Liebster", trällerte sie völlig ahnungslos. „Ich mache nur eben diese Urkunden fertig, dann denke ich... "

Er fuhr mit der Zunge von ihrem Nacken zu ihrem Ohr. Mit einem Schauder stimmte sie sich schlagartig ein.

„Spürst du das?", flüsterte er, ließ die Hände über ihren perfekten Bauch gleiten und näherte sich langsam ihren Brüsten.

„Was? Wie mich mein Gefährte befummelt?", scherzte sie kichernd und rieb den Hintern an seinem Schritt.

Das Verlangen nach ihr schwoll dermaßen an, dass Tyler gegen den Drang ankämpfen musste, ihr die Kleidungsschichten, die ihre Körper voneinander trennten, vom Leib zu reißen.

„Nein." Er schob eine Hand vorn über ihre Shorts. „Schließ die Augen. Horch. Fühle. Riech."

Ihr warmer Körper schmiegte sich wohlig an seinen. Dann versteifte sie den Rücken, als ihr dämmerte, dass er nicht bloß rummachen wollte.

„Schau", flüsterte er und übertrug das Bild in ihren Kopf. Es mochte noch verschwommen und flüchtig sein, aber verdammt, wenn er wusste, worum es sich handelte, dann bestimmt auch sie.

Ein Kind. Ein winziges, perfektes Kind, das darauf wartete, gezeugt zu werden.

Er spürte, wie ihre Finger den Griff um seine Hände verstärkten. Spürte, wie ihr der Atem stockte.

Unser. Unser Kind.

Das Kind, das zu zeugen sie die letzten Jahre vor sich hergeschoben hatten und es plötzlich kaum noch erwarten konnten. Seit der Reise zu Lanas Stammrudel an der Ostküste war das Zeugen dieses Babys zur treibenden Kraft in ihrem Leben geworden. Aber es schlug nicht sofort ein, und die Monate seither kamen ihnen wie eine Ewigkeit vor.

„Tyler", flüsterte sie und zog seine Arme um ihre Taille. Ja, sie sah die Vision, kein Zweifel. Das wartende Baby.

Er atmete ihr Aroma ein, diese betörende Mischung aus Hölzern von der Ostküste und dem unverwechselbaren Duft einer Wüstenrose. Lana hatte Arizona innerhalb einer Woche nach ihrer Ankunft auf der Ranch ins Herz geschlossen. Mittlerweile war die Wüste praktisch ein Teil von ihr. Genau, wie er ein Teil von ihr war und sie ein Teil von ihm.

Der berauschende Duft füllte seine Lunge aus. Zusammen mit einem neuen und reinen Geruch. Dem Duft der Zukunft. Seines Kinds.

Lana fasste nach hinten, zog ihn näher, und ein Schauer reiner Begierde durchfuhr ihn. Über die Jahre hatten sie so viele intime Höhepunkte miteinander geteilt, doch diesmal ging es um etwas Bedeutenderes.

Ihr Rücken lehnte an seiner Brust, und er schlang die Arme um sie. Seine Finger ertasteten den unteren Rand ihres BHs und schoben sich darunter, streichelten ihre willige Haut.

Lana stöhnte und rieb den Hintern an seinem Lendenbereich. Praktisch die Lizenz, über sie herzufallen. Aber Tyler gelang es, sich zu zügeln. Er strich mit dem Kinn an ihrem Hals entlang, atmete diesen einmaligen Duft ein und prägte ihn sich ins Gedächtnis.

„Hey", hauchte sie. „Willst du mich in unser Zuhause bringen, Cowboy?"

Zuhause. Die Bedeutung des Worts hatte er erst begriffen, als Lana in sein Leben getreten war.

„Zuhause", murmelte er. „Zuhause ist überall, wo du bist."

Als sie an seiner Jeans herumfummelte, ließ er sie gerade lang genug los, um die Hose nach unten zu schieben. Gott, hatte er je zuvor so schnell von null auf Vollgas beschleunigt?

„Lana." Wieder und wieder murmelte Tyler ihren Namen, während er die Hände unter ihr Shirt schob. Erst nach oben, dann nach unten. Zurück nach oben, um den Verschluss ihres BHs zu öffnen. Zurück nach unten, um ihre glatte, weiche Haut zu streicheln und ihr gleichzeitig die Shorts runterzuziehen.

Lana bückte sich an der Taille, und als sie mit hungrigen Augen über die Schulter blickte, heulte sein innerer Wolf vor ungezügelter Lust. Über einen Tisch gebeugt, neben einem Aktenschrank in ihrem Büro – so hatte sich Tyler diesen Moment nicht vorgestellt. Andererseits hätten sie dieses gewisse Extra zu Hause nicht hinbekommen. Diese Dringlichkeit, die lauthals *hier* und *jetzt* schrie.

Gefährte, jaulte ihre Wölfin seinem Wolf zu.

Gefährtin. Mein, brummte der Wolf in ihm.

Er zog ihr das Shirt aus, um sich am Anblick der glatten Haut ihres Rückens zu weiden. Die Muskelstränge spannten sich an und tänzelten, als sie sich unter ihm wand.

Die Krümmung ihres Hinterns rief nach ihm, aber er konnte nicht widerstehen, sie ein wenig zu necken. Immerhin hatten sie sich nicht in Tiere verwandelt, und Tyler wollte nicht, dass dieser Moment zu früh endete. Er schob sich gerade so weit vor, dass sie ihn an ihren perfekt geformten Kurven spüren konnte.

„Was willst du, meine Gefährtin?", fragte er, obwohl er verdammt genau wusste, wonach sie sich sehnte.

„Ich will dich – hart und schnell." Als sie mit dem Hintern an seinem Schritt wackelte, hätte er beinah die Kontrolle verloren.

„Hart bin ich schon."

„Und wo bleibt das schnell?", brummte sie.

Nur zu gern hätte er es ihr gezeigt, aber zuerst ließ er die Finger nach unten gleiten und spreizte ihre Schamlippen.

„Kommt sofort", erwiderte er und arbeitete sich langsam zu ihrer Venusperle vor.

Lana schmiegte sich seiner Berührung entgegen und schnappte nach Luft. „Schneller."

„Ich bin dabei." Träge ließ er einen Finger kreisen, bevor er ihn in ihre Wärme tauchte.

„Tyler", stieß sie stöhnend hervor.

Was zweierlei bedeuten konnte: entweder *weiter so* oder *jetzt mach schon schneller, verdammt.* Er entschied sich, weiterzumachen, und fügte einen zweiten Finger hinzu, während sie an seiner rechten Hand tanzte. Die linke legte er auf ihren Busen. Wieder wand sie sich ihm entgegen. Funken sprühten durch seinen Körper, bis sein Wolf genauso laut schrie wie ihre Wölfin.

Härter! Tiefer! Mehr!

Als Tyler ihre Hüften packte und sich in ihr versenkte, verwandelten sich die Funken in Dynamit, und er war geliefert. Er nahm nur noch die lustvollen Schreie seiner Gefährtin und das rhythmische Spiel ihrer inneren Muskeln um ihn herum wahr. Ein Schweißtropfen fiel von ihm auf ihren Rücken, dann ein weiterer. Sie glitzerten auf Lanas Haut, während ihre Körper den innigsten, härtesten, wildesten Techno-Slam tanzten, den sie je versucht hatten. Womöglich rief er ihren Namen genauso laut wie sie seinen, aber wen juckte das schon? Alles drehte sich nur noch um das erregende Gleiten, die sengende Hitze und diesen Duft, der nach mehr und mehr bettelte.

Schließlich kam er mit einem letzten, kraftvollen Stoß, und alles wurde weiß. Er hielt den Körper seiner Gefährtin fest, während sie auf ihrer eigenen Welle der Ekstase schauderte.

Dann kuschelten sie, flüsterten sich gegenseitig zu, schnurrten, und Tyler wollte nicht, dass es je endete. Aber der Drang, sich erneut zu vereinigen, tauchte aus dem Nichts auf. Prompt trug er Lana zum Schreibtisch und fing von vorn an. Mit ihren Beinen über den Schultern und den Gedanken irgendwo in der Erdumlaufbahn stieß er wieder und wieder in sie und war froh über die zugezogenen Vorhänge und die abgesperrte Tür.

Lanas Blick begegnete seinem. Tyler empfand Demut beim Gedanken, dass er ohne sie sein Leben lang nicht erfahren hätte, welche Euphorie es auslöste, wenn einem eine Frau so in die Augen sah. Eine Frau, die ihn liebte, ihm vertraute, sich ihm öffnete – nicht seiner Macht wegen, sondern seinetwegen.

Sie wollte sein wahres, unter all der Verantwortung vergrabenes Ich mit allen Unzulänglichkeiten.

Mein, säuselte ihre Wölfin seufzend. *Gefährte.*

Mein, brüllte das Tier in ihm. *Gefährtin.*

Ausklingen ließen sie jenen Tag zu Hause mit hundert angezündeten Kerzen. Seine Hände konnten nicht aufhören, ihren Bauch zu streicheln. Sie taten es noch lange, nachdem sie nach einer dritten, gemächlicheren Runde Sex ins Bett gefallen waren. Da der kritische Teil erledigt und das Wunder unterwegs war, konnten sie es entspannt und zärtlich angehen.

„Ba!", meldete sich das mittlerweile geborene Wunder in Tylers Armen.

Er blickte auf Tana hinunter und schämte sich ein wenig. War es falsch, an Sex zu denken, während er sein Baby hielt? Andererseits konnte es nicht falsch sein, denn so war Tana entstanden. Es war einfach nur der Kreislauf der Natur.

„Ba!"

„Ba", grummelte er, plötzlich ernüchtert.

Ein Teil des Kreislaufs gefiel ihm gar nicht, nämlich der Gedanke, dass Tana erwachsen werden und den gleichen Spaß haben würde. Mit mürrischer Miene berechnete er die Höhe, die Länge und die Kosten des Zauns, der nötig sein würde, um die Jungs draußen und sie drinnen zu halten. Sein einziger Trost bestand darin, dass es bis dahin noch ein Weilchen dauern würde, wenn auch nicht lang genug.

Dann musste er unwillkürlich über sich lachen. Als er Lanas Eltern kennengelernt hatte, dachte er, ihr Vater könnte ihn nicht ausstehen, weil er der Sohn eines alten Rivalen war. Erst, als er selbst Vater geworden war, hatte er es letztlich begriffen. Lanas Vater konnte ihn deshalb nicht leiden, weil er der Mistkerl war, der ihm sein Baby gestohlen hatte, auch wenn Lana kein Baby mehr war.

Seufzend murmelte er in Tanas flaumiges Haar. „Möhrchen, deinetwegen kriege ich noch graue Haare, und dabei bist du gerade mal vier Monate alt."

Tana antwortete mit einem stolzen Bäuerchen.

Tyler kehrte zurück ins Haus und ließ die Terrassentür offen, damit die Brise der Wüstennacht hineinwehen konnte. Der

Gesang der Grillen, die saubere, trockene Luft, das Flüstern des Winds in den Wacholderbäumen, die das Haus beschatteten – eine weitere herrliche Nacht am schönsten Ort der Welt.

„Willst du mit der Erlebnisdecke spielen?" Er zeigte Tana die Decke mit dem Bogen, an dem Kometen, Planeten und Sterne baumelten.

„Ba!"

Ja, das hatte er sich gedacht.

Doch bevor er sie auf die Spielmatte legen konnte, ertönte ein leises, sinnliches Klopfen an der Eingangstür.

Mit Tana an der Schulter ging er hin. Wer um alles in der Welt konnte das um diese nachtschlafende Zeit sein?

Er zog die Tür auf und fluchte innerlich. Gut, dass er sie nur einen Spalt geöffnet hatte. Er schwenkte Tana weg, damit man sie von draußen nicht sehen konnte.

„Hallo, Tyler", grüßte die Frau mit samtiger, einladender Stimme.

Was zum Teufel wollte Audrey, das Playgirl der Ranch, um diese Zeit hier? Noch dazu *so* angezogen?

„Ich dachte mir, du bist vielleicht einsam, Alpha." Audrey senkte eine Schulter so, dass ihr durchscheinendes Oberteil einen weiteren Zentimeter tiefer rutschte. „Möchtest du heute Abend etwas Gesellschaft?"

Kapitel 4

Lana stellte sich breitbeiniger hin und knurrte lauter, während sie den Eindringlingen die Stirn bot. Sie hatte nicht vor, sich in ihrem eigenen Revier einschüchtern zu lassen.

Andererseits hieß es drei gegen zwei: drei Berglöwen, die zwei Wölfinnen anstarrten. In Summe ergab das eine Menge durch die Luft peitschende Schwänze und leuchtende Augen.

Lana beäugte sie eingehend. Berglöwen, Pumas, ein und dasselbe. Dasselbe kurze, gelbbraune Fell. Dieselben gelben, katzenhaften Augen.

Dieselben langen, gekrümmten Fänge.

Stille breitete sich in der Wüste aus. Dann folgte das Knurren von Wölfinnen und Pumas durch die Senke. Elfenbein blinkte zu ihrer Linken auf, als das größte Männchen die Zähne fletschte. Lana zog die Lippen zurück und knurrte mit zusammengebissenen Zähnen zurück.

Mein Revier. Mein Land.

Alle drei waren Männchen, alle drei riesig, von der Nase bis zum Schwanz um die zweieinhalb Meter. Mehrere Hundert Kilo tödlicher Kampfmaschinen.

Lanas Herz pochte wild. Ein Puma auf der Durchreise störte niemanden. Aber drei, die nicht von der Stelle wichen, ganz so, als gehörte ihnen das Land? Das ging einfach nicht.

Josies stetes Knurren bildete ein Echo ihres eigenen. Die Eindringlinge liefen hin und her, peitschten dabei mit den Schwänzen durch die Luft. Das Patt zog sich über eine weitere lange Minute hin, dann noch eine. Die Fremden ließen keine Anzeichen erkennen, sich zurückziehen zu wollen.

Wann hatten wir das letzte Mal Pumas hier? Lana übertrug den Gedanken in Josies Kopf.

Sehr lange nicht mehr, soweit ich weiß. Josie bewegte sich näher zu Lana. *Hat es bei euch im Osten welche gegeben?*

Ein paar. Nicht viele.

Sie trat nach links, während Josie nach rechts schwenkte, um auszuloten, wie die großen Katzen reagieren würden. Das Knurren steigerte sich, und sie spannten die Schultern an, als bereiteten sie sich zum Angriff vor.

Zumindest die beiden äußeren Pumas. Der weiter hinten in der Mitte rührte sich nicht.

Lana streckte die Schnauze vor und schnupperte. Die Luft strotzte vor Testosteron, Zorn und etwas, das sie nicht genau zu benennen vermochte.

Drei Männchen, die zusammen reisen? wandte sie sich an Josie. Wo sie herkam, galten Pumas als Einzelgänger.

Josie nickte. *Sie sind jung, von zu Hause verstoßen. Höchstwahrscheinlich Brüder.*

Das klang für Lana einleuchtend. Nur eine solche Bindung würde drei Kater zusammenhalten.

Josie lehnte sich vor und rümpfte die Nase. *Gestaltwandler.*

Lana erstarrte. *Gestaltwandler?*

Drei unbefugte Pumas waren schlimm genug, aber drei unbefugte Gestaltwandler – das kam praktisch einer Herausforderung an das Rudel gleich. Lana schnüffelte erneut, entdeckte jedoch keine Spur einer menschlichen Note. *Bist du sicher?*

Josie nickte. *Sie bleiben länger verwandelt als wir, genau wie Wildschweine.*

Wildschweingestaltwandler. Ja, an die erinnerte sich Lana noch gut.

Und normalerweise verwandeln sie sich nur bei Vollmond, fügte Josie hinzu.

Lana stellte eine schnelle Berechnung an. Der Mond stand prall am Himmel, würde in wenigen Tagen voll sein. Was bedeutete, dass diese Gestaltwandler seit über drei Wochen in ihrer Tiergestalt herumliefen. Wohl lang genug, um ihren menschlichen Geruch zu überdecken. Erst, als sie lang und angestrengt schnupperte, schnappte sie einen schwachen Hauch von Jeans, Leder und Schweiß auf. Typischer Cowboygeruch, und gar nicht mal so übel. Gut, dass Audrey nicht hier war – sie würde diese Jungs auf der Stelle verführen.

Allerdings handelte es sich eher um ausgewachsene Männer, in verwandelter Form allesamt Kater mit jeweils um die neunzig Kilo. Durch ihre Unerfahrenheit nur noch gefährlicher. Zwar stürzten sie sich vorerst nicht in einen Kampf, doch es fehlte nicht viel dazu. Lana konnte die Gefahr am angespannten Zucken der Ohren erkennen, an den starren, sprungbereiten Muskeln.

Wenn es nur einer oder zwei wären, könnten wir selbst mit ihnen fertig werden, meinte Josie. *Aber drei? Vielleicht sollten wir Verstärkung rufen.*

Damit uns Tyler und Lance jedes Mal wie Bodyguards hinterhertraben, wenn wir einen Auslauf unternehmen? Lana schüttelte den Kopf. *Ich liebe meinen Gefährten, aber ich mag auch Mädelsabende.*

Josies Schwanz pochte mit langen, bedächtigen Bewegungen gegen Lanas Seite. *Da hast du wohl recht. Aber was ist mit der Situation hier?*

Wir schaffen das.

Hoffte Lana zumindest.

Ein Teil von ihr war bereit, sich in den Kampf zu stürzen, wie sie es in der Vergangenheit oft getan hatte. Ein anderer Teil von ihr mahnte zu Vorsicht. Immerhin war sie inzwischen Mutter und trug für mehr als nur sich selbst Verantwortung. Sie musste auch an einen Gefährten und eine Tochter denken. Vielleicht sollte sie Tyler doch lieber rufen...

Die Sache war nur die, dass ihr Gefährte ohnehin schon einen ausgeprägten Beschützerinstinkt hatte. Ein Alpha durch und durch eben. Wenn sie damit nicht zurechtkäme, würde Tyler ihr gar nichts mehr zutrauen.

Wir schaffen das, wiederholte sie. Josie und sie waren zwei taffe, fitte Wölfinnen, richtig? Das konnten sie selbst regeln.

Sie ließ ihr Knurren tiefer werden, bis es wie ein düsterer, warnender Alt klang, während Josie einen höheren, sanfteren Ton anschlug. Mit anderen Worten, wie wählten den Ansatz des guten Bullen und bösen Bullen. Eine von ihnen drohte knurrend mit Hölle und Verdammnis, die andere bot einen glimpflichen Ausweg. Aber weder der eine Tonfall noch der andere erzielte irgendeine Wirkung. Die Pumas zogen sich einfach nicht zurück.

Nach der Anzahl der Fußabdrücke im Staub zu urteilen, hielten sich die Katzen schon eine Weile hier auf. Was war so besonders an dieser Senke, dass sie darin hundertmal kreisten?

Plötzlich erstarrte Josie mitten im Knurren. *Sieh nur.*

Lana folgte ihrem Blick zum mittleren Kater, der den Kopf senkte und sich flüchtig die Pfote leckte.

Zuerst dachte sie höhnisch: *Verdammte Katzen, ständig besessen davon, sauber zu bleiben.* Dann jedoch leckte der Puma erneut. Und diesmal sah sie es. Ein Funkeln von Stahl im silbrigen Mondlicht. Ein dunkler Fleck auf dem gelbbraunen Fell am Fuß.

Als dazu noch kaum hörbar eine Kette rasselte, wusste Lana auf einmal Bescheid.

Der Kater saß in einer Falle fest. Der Geruch, den sie vorhin nicht zuordnen konnte, war Schmerz. Ein sengender, knochentiefer Schmerz, kaum verdeckt von einem Anstrich aus Stolz.

Kein Wunder, dass die anderen beiden nicht von der Stelle wichen. Kein Wunder, dass sie so aufgeregt waren. Lana würde dasselbe für Josie tun.

Ihre Freundin fluchte leise. *Verdammte Wilderer...*

So nah bei der Ranch? Lana schüttelte den Kopf. Wilderer an den äußeren Rändern des Rudelgebiets kamen schon mal vor, aber dass sie so nah an der Ranch ihr Unwesen trieben, war ungewöhnlich. *Könnte eine dieser alten Fallen sein, auf die wir von Zeit zu Zeit stoßen...*

Tja, er hat sie jedenfalls gefunden, murmelte Josie. Ihr Knurren veränderte sich zu einem versöhnlichen Winseln. *Freund,* sagte sie. *Lass uns helfen.*

Die Pumas knurrten noch lauter.

Lana stand steif an der Seite ihrer Freundin. So sehr sie versucht war, sich einzumischen, niemand eignete sich besser für den Umgang mit einer solchen Situation als Josie, die Herrin der Jagd – eine seltene Gattung von Wölfinnen, deren Aufgabe darin bestand, die Letzten aller wilden Arten zu schützen. Manchmal jagte sie, um ein altes oder krankes Tier zu töten, damit die Herden stark blieben. Meist jedoch handelte es sich bei Josies Jagden um Rettungsmissionen.

Wie es aussah, war die Jagd diesmal zu ihr gekommen.

Zum ersten Mal betrachtete Lana die Pumas als verwandte Gestaltwandler, nicht als Feinde. Die Wildschweine, die vor ein paar Monaten in das Territorium der Twin Moon Ranch eingedrungen waren, hatten sich schließlich mit dem Rudel verbündet. Vielleicht würden diese Pumas es auch tun.

Dem Klacken von Zähnen nach zu urteilen, schienen diese Kater allerdings nicht in diese Richtung zu denken. Eher in Richtung verteidigen, töten, vernichten.

Lana musste etwas unternehmen. Aber um den gefangenen Puma zu befreien, müsste sie sich in menschliche Gestalt verwandeln. Pfoten taugten nicht zum Öffnen einer Falle, wie wohl auch die Pumas bereits auf die harte Tour herausgefunden hatten. Wenn sie sich nicht vor dem Vollmond in menschliche Gestalt verwandeln konnten, würden sie die Falle nie aufbekommen. Aber wenn sie drei Tage unter der brutalen Wüstensonne warteten, würde ihr Bruder tot sein.

Um Lanas Entschlossenheit zu stärken, musste sie sich nur vorstellen, ihre Schwester würde in einer solchen Falle festsitzen. Hilflos. Todgeweiht.

Okay, murmelte sie zu Josie. *Du beruhigst sie. Ich öffne die Falle.*

Bist du verrückt?

Vielleicht. Weil sie die lästigen Details ausgelassen hatte. Zum Beispiel, dass sie auf Zehenspitzen um zwei große, wütende Männchen herumschleichen musste, bis sie in Beißweite ihres gefangenen Bruders wäre. In menschlicher Gestalt würde sie sich nicht gegen seine Reißzähne und Krallen wehren können. Aber Pläne wären bei einem so unberechenbaren Tier wie einem verwundeten Puma ohnehin sinnlos. Sie würden einfach improvisieren müssen.

Hast du eine bessere Idee?

Josie überlegte. Verstärkung zu rufen, musste ihr genauso sehr widerstreben wie Lana. Wenn sich jemand seine Unabhängigkeit bewahren wollte, dann Josie.

Wir schaffen das, sagte Lana und bemühte sich, überzeugt zu klingen.

Vorsichtig, warnte Josie.

Sicher, murmelte Lana und setzte sich mit einem langsamen Schritt in Bewegung. *Schön sachte.*

Kapitel 5

„Gesellschaft?" Tyler grunzte. „Ich habe alle Gesellschaft, die ich brauche." Damit schob er die Tür zu.

Audrey zwängte den Fuß dazwischen, lehnte sich gegen den Türrahmen und zog mit den viel zu stark geschminkten Lippen einen Schmollmund. „Ich dachte eher an erwachsene Gesellschaft."

Richtig, erwachsen. Gab es auch eine reife, erwachsene Möglichkeit, sie quer über die Ranch zu treten? Heikel. Immerhin war Audrey eine Frau.

„Was willst du, Audrey?"

Na schön, eine dumme Frage, denn es war ziemlich offensichtlich.

„Muss ich es dir wirklich erklären, Cowboy?", sagte sie kokett.

Tyler sah sich um. Er konnte es nicht gebrauchen, dass irgendjemand Audrey bemerkte und falsche Schlüsse zöge. Obwohl: Wenn irgendein Trottel seine uneingeschränkte Treue zu Lana in Frage stellte, würde er ihn nicht nur quer über die Ranch, sondern über die Staatsgrenze bis nach Nevada treten.

Tyler schüttelte den Kopf. „Audrey, die Ranch ist voll von Kerlen, die du... äh... " Er geriet ins Stocken. *Die du ficken kannst* erschien ihm selbst für Audrey ein wenig zu derb. „...anflirten kannst. Warum suchst du dir nicht jemand anderen?"

„Ich will niemand anderen." Sie klimperte mit Wimpern so lang, dass allein der Anblick schmerzte. „Ich will dich."

Tja, ich dich aber nicht! hätte Tyler sie beinah angebrüllt.

Stattdessen begnügte er sich mit einem mentalen Ruf nach seinem Bruder durch die Nachtluft. *Cody! Schwing deinen Hintern hierher!*

Er wartete kurz, erhielt jedoch keine Antwort. Der Teufel sollte seinen unzuverlässigen kleinen Bruder holen! Manchmal ließen sich weder Cody noch sonstige Singles auf der Ranch aufspüren. Wenn das Schicksal ihnen doch nur eigene Gefährtinnen schenken könnte. Dann würden auch sie ruhiger werden.

Er seufzte. Vielleicht würde sogar Cody eines Tages eine Gefährtin finden.

„Hör zu, Audrey, ich will dir nicht wehtun... ", begann er. Denn Lana hatte ihm einen ausführlichen Vortrag über Diplomatie, Taktgefühl und ähnliche ihm fremde Konzepte gehalten. Also fand Tyler, er sollte es wenigstens versuchen.

Audreys Augen funkelten. „Du kannst mit mir machen, was du willst, Süßer. Kannst mir zum Beispiel den Hintern versohlen. "

Tyler knirschte mit den Zähnen.

„Mich fesseln. "

Allmählich wurde ihm schlecht.

„Mich wild und hart vögeln und... "

„Audrey! " Tyler donnerte ihren Namen so laut, dass die kleine Tana zu weinen begann. Na, wenn er dafür mal nicht den Preis für den Vater des Jahres verdiente. Er tätschelte Tanas Rücken und schmiegte sich an ihre Wange, während er bis fünf zählte.

„Audrey ", sagte er grollend. Diesmal würde er sich nicht zurückhalten, selbst wenn das kleine Flittchen bei seinem Wutausbruch erzitterte. Sollte sie ruhig. Vielleicht würde sie es dann ein für alle Mal kapieren. „Du wirst nie, nie wieder... "

Eine unverhoffte Stimme aus der Dunkelheit schnitt ihm das Wort ab.

„Hey, Audrey! ", rief der Mann. „Cody sucht nach dir. "

Lance eilte zur Rettung. Tyler hätte beinah mit ihm abgeklatscht.

Ich schulde dir was, Mann, vermittelte er, indem er seinem Freund zunickte.

Audrey sah Lance wimpernklimpernd an. Die Frau gab wohl nie auf, was?

„Schön, dich zu sehen, Lance." Ihr gieriger Blick wanderte über seinen Körper. „Bist du auch einsam?"

Von wegen einsam. Als ob sich ein gepaarter Wolf je einsam fühlen würde.

Tyler kam der Gedanke, dass es Audrey vielleicht genau darum gehen könnte. Vielleicht war sie weniger auf primitiven Sex aus und vielmehr auf Gesellschaft. Vielleicht brauchte sie nur jemanden, der...

Verführerisch fuhr Audrey mit dem Finger vorn über Lance' Hemd und ließ ihn jäh zurückspringen. Na schön, vielleicht doch nur versessen auf Sex. Tyler legte den Kopf schief. Vielleicht könnte er bei einem anderen Rudel einem Mann finden, der dumm genug wäre, sich mit ihr zu paaren...

Lance gab einen Laut zwischen einem warnenden Knurren und einem Räuspern von sich. „Wenn du Cody zu lange warten lässt, findet er vielleicht... äh, eine andere Beschäftigung."

Audreys Augen blitzten geradezu erschrocken auf.

„Zuletzt habe ich ihn drüben am Tor gesehen..." Lance deutete nach links.

„Tja, dann noch viel Spaß beim Warten auf eure Gefährtinnen, Jungs." Mit wackelnden Hüften stolzierte Audrey davon.

Tyler seufzte und schüttelte den Kopf. Tana rülpste. Lance verdrehte die Augen.

„Man sollte meinen, dass sie es endlich kapiert", brummte Lance, während er Audrey nachschaute. „Gepaart ist gepaart."

Tyler schmunzelte. „Hast du es kapiert, bevor es dir passiert ist?" Er selbst hatte nichts von der Macht des Schicksals gehalten, bevor er Lana begegnet war.

Nun schmunzelte Lance. „Nein, wohl eher nicht."

Ein weiterer Grund, dankbar zu sein, dass sich alles so entwickelt hatte, wie es gekommen war. Tyler wollte sich gar nicht ausmalen, wie es hätte werden können, wenn sein Vater seinen Willen durchgesetzt hätte. Der alte Mann hatte Josie vor ein paar Jahren mit List und Tücke auf die Ranch gelockt, um sie mit Tyler zu paaren – und Tyler hätte sich beinah gefügt, weil er gedacht hatte, er hätte sich den Phantomgeruch seiner Gefährtin nur eingebildet. Zum Glück hatte das Schicksal bessere Pläne gehabt, denn Josie war zwar toll, aber nun mal nicht seine Gefährtin. Sie gehörte zu Lance, und die beiden passten perfekt zusammen – genau wie Tyler und Lana.

Er tätschelte Tanas Rücken. Gott sei Dank hatte sich alles so gefügt.

„Hat Cody wirklich nach ihr gesucht?" Sein lediger Bruder ließ zwar nichts anbrennen, bewies aber normalerweise besseren Geschmack, als sich mit Frauen von Audreys Schlag abzugeben.

Lance grinste. „Ne. Aber sie wird ihn schon finden – oder irgendjemanden – und am Ende kriegen, was sie will."

„Ba!", pflichtete Tana ihm bei, und sie lachten beide.

„Das ist ihr neuester Gag", erklärte Tyler. „Ba."

Lance streckte die Hand aus und tätschelte ihren winzigen Rücken. Sein Lächeln verblasste dabei langsam und wurde von einem wehmütigen Ausdruck ersetzt. Die beiden standen da und betrachteten nichts Bestimmtes. Tyler hielt sein perfektes Baby, und Lance hielt... nichts, außer vielleicht den Atem an. Lance' Finger zuckten, als wollte er vielleicht die Kleine nehmen. Stattdessen strich er nur mit einem Finger über ihre weiche Wange.

Tana schnappte sich seine Hand, führte sie zu ihrem Mund und saugte an seinem Knöchel.

„Kleine Kannibalin." Lance lächelte.

„Gut, dass sie keine Zähne hat."

„Aber die kommen demnächst. Ich kann sie schon fühlen."

Tyler streckte Tana ein wenig von sich. „Willst du sie mal halten?" Lance konnte er alles anvertrauen, sogar Tana, seinen kostbarsten Schatz.

Lance hob die Hand. „Ne. Babys... sind nicht so mein Ding." Rasch schlug er die Augen nieder. „Muss los." Nur ging er nirgendwohin. Er stand bloß da und scharrte mit dem Fuß auf dem Boden.

Der Gedanke, dass Lance und Josie vielleicht nie das Geschenk vergönnt sein würde, das er und Lana hatten, schnürte

Tyler die Brust zu. Das gehörte zu diesen beschissenen Dingen, die selbst der stärkste, entschlossenste Alpha nicht richten konnte.

„Weißt du, Lance, du könntest mit uns mit Bauklötzen spielen", schlug Tyler vor, um die Stimmung aufzulockern.

Lance schaute auf. „Kann sie denn schon mit Bauklötzen spielen?"

„Na ja, ich staple sie, und sie stößt sie um. Das macht ihr stundenlang Spaß."

Lance lachte. „Das überlasse ich dir, großer böser Wolf."

Tyler seufzte und blickte hinaus zu den dunklen Umrissen der Hügel. „Meinst du, sie kommen bald zurück?"

Eine Sekunde verstrich, dann eine weitere. „Ja, denke schon. Ich hoffe es."

Die beiden lachten über sich selbst, bis sich Lance schließlich zum Gehen wandte. „Bis später dann."

„Bis dann. Und danke."

Lance nickte und marschierte in die Nacht, während Tyler das Händchen seiner Tochter hochhielt und damit winkte. „Sag auf Wiedersehen, Möhrchen."

„Ba!"

„Ba", gab Lance schmunzelnd zurück und entfernte sich in die Schatten.

Und so kehrte Tyler mit Tana auf den Wohnzimmerboden zu einem Stapel von Buchstabenklötzen zurück.

„Schau." Er hielt einen hoch. „A steht für..." Nicht für Audrey, so viel war sicher. „Für Tana." Er betonte die Vokale in ihrem Namen. „Oder Lana."

B stand für Bäuerchen, erklärte er ihr, und C für Cody, denn sein Bruder hatte durchaus ein paar gute Eigenschaften, auch wenn er sie nicht annähernd oft genug hervorkehrte. Und D...

„D. Da-da", versuchte er es.

„Ba!", brabbelte seine Tochter und saugte an seiner Handfläche.

Auch gut. Eines Tages würde er sie es schon sagen hören.

Er lehnte sich zurück, während Tana an den Klötzen herumhantierte und unzusammenhängende Laute von sich gab. Der

Schlaf drückte auf seine Augen, aber das warme Bündel, das sich an ihn schmiegte, war die Müdigkeit wert, die ihn morgen plagen würde.

Er hatte schon früher die halbe Nacht wach gelegen, weil ihm zu viel im Kopf herumgeschwirrt war. Rudelangelegenheiten. Ständig Rudelangelegenheiten. In den letzten vier Jahren nicht mehr – vier Jahre, die mit Lanas Ankunft in seinem Leben zusammenfielen. Seither schlief er besser. Es war einfacher, von einer Person gebraucht zu werden und nicht von einem ganzen Rudel. Sicher, das Rudel war immer noch da, aber die Pflicht lastete nicht mehr so schwer auf ihm wie früher. Und was er durch das Baby an Schlaf verlor, sollte ihm nur recht sein.

Er stützte das Kinn behutsam auf Tanas Kopf. In den ersten Wochen war sie so winzig, so hilflos gewesen, dass er ständig die Sorge hatte, er könnte ihr wehtun. Neuerdings konnte Tana schon den Kopf heben und sogar drehen, wie sie es gerade tat. Sie legte ihn schief und schaute Tyler fast genauso verwundert an wie er sie. Wieder einer dieser Momente, in denen sich sein Herz zu groß für die Brust anfühlte.

Ihre braun-schwarzen Augen ähnelten den seinen geradezu beängstigend. Die Nase stammte allein von Lana, aber damit hatte es sich auch schon. Ihm wäre wesentlich lieber, wenn Tana mehr von ihrer Mutter und weniger von ihm hätte, denn Lana war ruhig, freundlich und intelligent. Aber verdammt, ihre Tochter sah ihm sehr ähnlich. Er verspürte einen Stich im Herzen, das brüllte: *Bitte, bitte, bitte, lass sie nicht wie mich werden.*

Tyler konnte nur hoffen, dass Tante Milly recht behalten würde und man durch die äußere Verpackung nicht darauf schließen konnte, was in jemandem steckte. Und Tana war unfassbar süß. Auch hartnäckig. Das zeigte sich daran, wie sie an seinem Haar zog und seine Aufmerksamkeit wieder auf ihre pummeligen Finger und schier unmöglich kleinen Nägel lenkte. Das alles konnte Tyler stundenlang bewundern.

Als er einen Blick auf die Uhr warf, stellte er fest, dass er soeben eine weitere Stunde genau damit verbracht hatte.

Er hielt einen weiteren Klotz hoch. „M. Mama.“

„Ba!" Tana griff nach dem Klotz, doch er erwies sich als zu
groß für ihre winzigen Händchen.

M steht für >meine Gefährtin<, brummte sein Wolf.

Sie kommt ja bald zurück, brummte Tyler zurück.

„Ba!", stimmte Tana ihm zu.

„Ba", murmelte er und streichelte ihre seidige Wange.

Kapitel 6

Lana bewegte sich Schritt für Schritt behutsam vorwärts und behielt aufmerksam die beiden Pumas im Auge, die den dritten flankierten. Der Verwundete konnte nirgendwohin, aber die anderen konnten Lana jederzeit anfallen.

Äh, Josie...

Lana hatte Josie schon bei vielen Neumondjagden in Aktion gesehen. Sie hetzte ihre Beute, fixierte sie und brachte sie dazu, der im Wind flüsternden Stimme von Mutter Natur zu lauschen. Das Flüstern verriet dem jeweiligen Tier, was es tun musste, wohin es gehen musste, um in Sicherheit zu sein. Die Stimme war so leise, dass die gesamte Wüste schweigen musste, damit man sie hören konnte.

Aber drei Pumas niederzuringen, würde nicht klappen, also würde es heikel werden.

Mach langsam, erwiderte Josie. *Ich brauche eine Minute...*

Josie bewegte sich ein paar Schritte nach links, dann nach rechts. Schließlich hockte sie sich hin und streckte die Schnauze gen Himmel. Sie heulte. Ein leises, klägliches Geheul, das Lana genauso sehr überraschte wie die Pumas. Und so wie sie lauschte sie gebannt.

Aaaaruuuuu... heulte Josie und entfesselte ihre klare Altstimme in die Nacht.

Sie holte tief Luft und sang erneut. *Aaaaaarruuuuu...*

Lanas Brust schwoll an, und es juckte sie in der Kehle. Sie konnte nicht anders – sie musste auch heulen. Also trat sie einen Schritt zurück und hob die Nase den Sternen entgegen. Im Vergleich zu Josies reinem Ton klang ihre Stimme etwas rauer, dafür besaß sie Seele. Und während sie eine Oktave tiefer blieb als Josie, klang die Harmonie etwas anderes.

Ah-ah-aruuuuu. . .

Wenn sie mit Tyler heulte, wurde daraus immer ein Liebeslied, bei dem seine tiefe Stimme die ihre unterlagerte, von den Hügeln widerhallte und verwegen zu den Sternen aufstieg. Das hier war anders – das leiseste, sanfteste Geheul, das sie je angestimmt hatte, denn es sollte auf der Ranch nicht gehört werden. Aber die Schüsselform der Senke verstärkte das Geräusch und erfüllte die Luft mit ihrem Gesang. Ein Lied von Leben, Vertrauen und Hoffnung, das den Pumas mitteilte, sie müssten keine Feinde sein. Zusammen sangen die Wölfinnen von Freundschaft, von brüderlicher und auch schwesterlicher Verbundenheit. Sie sangen von Äonen der Zeit, von endlosen Reisen, vom langen Weg nach Hause.

Vor allem auf den Teil schienen die Pumas anzusprechen.

Josie und Lana sangen wie weise ältere Schwestern vor törichten jüngeren Brüdern, mit einem warnenden Unterton: *Denkt nicht mal daran, euch mit uns anzulegen.* Nur für alle Fälle. Es fiel Lana leicht, denn sie hatte ihren Brüdern oft aus der Patsche geholfen und nie bei ihren Eltern darüber gepetzt. Auch dieses Versprechen vermittelte ihr Lied.

Josie sang indes von offenen Weiten und Freiheit. Sie sang vom Ruf des offenen Horizonts, der Berge und des Monds. Beide sangen weiter und weiter, bis es sich anfühlte, als würde die Erde selbst mitsingen und als würden ihre Stimmen vom Wind getragen.

Josie ließ ihr letztes *uuuuu* anhalten, bevor sie beide ihr Geheul ausklingen ließen.

Alles hielt inne. Die Wüste verstummte. Die durch das Gebüsch wehende Brise verebbte, und sogar die Pumas erstarrten. Alles lauschte erwartungsvoll.

Lana schloss die Augen, und da war es: das Flüstern aus der Erde selbst. So zart und so wunderschön. Sie spitzte die Ohren und hörte zu. Auch Bilder begleiteten die Worte, eine ganze verschwommene Reihe. Sie zeigten felsige Gipfel und kühle Gebirgsbäche. Geröllfelder und dazwischen den perfekten Felsvorsprung für einen Puma, um den Blick über sein Revier wandern zu lassen. Der Geruch von Artgenossen, nicht zu nah, nicht zu weit entfernt. Gerade richtig, dass ein Puma einen

Verbündeten, einen Bruder oder eine Gefährtin finden könnte, wenn die Zeit reif dafür wäre. Der perfekte Bau und meilenweit Land zum Umherstreifen, zum Jagen und zum Ausruhen.

Blinzelnd bemerkte Lana zwei Paar Katzenaugen, die in der Nacht leuchteten. Das dritte Männchen hatte die Augen geschlossen, verlor sich noch in der süßen Vision der Heimat.

Lana schluckte um den Kloß in ihrem Hals herum. Diese drei waren eindeutig keine Feinde. Nur verirrte Seelen, die Hilfe brauchten. Josie hatte ihren Teil erfüllt. Es wurde an der Zeit, dass Lana ihren leistete.

Sie setzte wieder einen Fuß vor den anderen. Einen nackten menschlichen Fuß, denn irgendwann war die Verwandlung so still und sanft über sie gekommen, dass sie es kaum bemerkt hatte. Lana beugte die Finger, um das plumpere Gefühl von Wolfspfoten abzuschütteln. Dabei machte sie einen weiteren Schritt. Der Puma zu ihrer Linken begann zu knurren und bleckte die Zähne. Der rechte folgte seinem Beispiel, und ihr sträubten sich die Nackenhaare. Sie befand sich genau zwischen den beiden. Ohne Ausweg.

Das Knurren wurde lauter. Der große Kater links duckte sich, und es kostete Lana alle Willenskraft, um selbstsicher zu wirken und keine Angst zu zeigen. Josie knurrte warnend, und Lana konnte die Anspannung ihrer Freundin spüren.

Der Kater rechts knurrte tiefer. Kurz erstarrte Lana, dann entspannte sie sich. Er wollte nicht sie warnen, sondern seinen Bruder ermahnen.

Wir müssen ihr vertrauen. Lana konnte seine Botschaft fühlen. *Lass es sie versuchen.*

Der Puma links wirkte widerwillig, und allmählich erschloss sich ihr die Familiendynamik. Der Linke war vermutlich der große, forsche Bruder, der zuerst kämpfte und später Fragen stellte. Der Rechte musste der Stratege sein, der Denker.

Der mittlere Bruder, entschied ihre Wölfin mit einem stolzen Nicken.

Natürlich stimmte Lana ihr zu. Vielleicht war sie ein wenig voreingenommen, weil sie selbst ältere und jüngere Geschwister hatte – und wenn schon.

Der in der Falle saß, musste der jüngste Bruder sein. Er gab sich alle Mühe, hart zu wirken, obwohl er eigentlich bloß nach Hause wollte. Allerdings gab es für diese Jungs an der Schwelle zu Männern keine Rückkehr nach Hause. Nur eine ungewisse Zukunft.

Langsam setzte sich Lana wieder in Bewegung. Josie folgte ihr, hielt den Schwanz niedrig, um die nervösen Kater nicht zu reizen, denn sie gelangten zum heikelsten Teil des Unterfangens.

Lana kniete sich vor den gefangenen Puma und ließ ihn an ihr schnuppern. Auch Tylers Geruch überall an ihr ließ sie ihn riechen, denn das schadete nie – das Schreckgespenst des äußerst wütenden, äußerst mächtigen Alphas, mit dem es dieser Puma zu tun bekommen würde, wenn ihr etwas zustieße.

Der Puma schluckte ein wenig und senkte den Bauch auf den Boden.

Oh ja, er verstand die Botschaft.

Lana streckte langsam die Hand aus und berührte die Schulter des Pumas, ohne auf das eindringliche Knurren von links zu achten. Josie deckte ihr den Rücken. Sie musste sich ganz auf ihre Aufgabe konzentrieren. Und *das* war heikel genug.

Lana unterdrückte ein Zusammenzucken. Die Klauen der Falle saßen tief. Knochentief. Fest ins Fleisch des Pumas gebohrt. Außerdem war das Metall rostig, was nichts Gutes für die Wunde verhieß. Das Bein des Pumas zitterte trotz der zerrissenen Muskeln und der zerfetzten Haut.

Sie tastete mit den Händen an dem Bein hinab und prüfte die Beschaffenheit der Falle. Eine Bärenfalle – eine fiese Vorrichtung, vermutlich noch aus alten Zeiten, in denen es jede Menge Großwild gab, für örtliche Jäger keine Regeln galten und das Twin Moon Rudel noch dabei war, sein Gebiet auszuweiten. Aufzwängen könnte sie diese Falle niemals, aber wenn sie die Federung bediente...

Lana drückte auf die Erstbeste, die sich jedoch nicht rührte.

Man muss drauftreten, um die Feder zu lösen, sagte Josie.

Zu Hause in den Berkshires hatte Lana schon solche Fallen gesehen, musste aber noch nie eine öffnen. Josie wäre vielleicht geeigneter für die Aufgabe gewesen, aber sie musste sicherheitshalber in Wolfsgestalt bleiben.

Für einen Notfall, über den Lana lieber nicht zu genau nachdenken wollte. Zumindest nicht im Augenblick.

Sie richtete sich auf, sah dem Puma in die Augen und täuschte einen selbstbewussten, lockeren Ton vor, als hätte sie ihr Leben lang nichts anderes gemacht, als hundert Kilo schwere Raubtiere befreit. „Dauert nur eine Sekunde, also halt einfach durch."

Der große Kater spannte den Körper an und blinzelte. In dem Blinzeln lag ein Nicken, vielleicht sogar ein Flehen.

Sie verlagerte das Gewicht auf die Feder. Nichts. Verstärkte den Druck. Immer noch nichts. Als sie mit aller Kraft drückte, spürte sie endlich ein Knarren. Schließlich stellte sie sich vor, ein Mitglied ihres Rudels würde darin feststecken, und gab alles, was sie hatte.

Der gefangene Puma kreischte vor Schmerzen. Die anderen beiden sprangen näher. Ein Knistern lag in der Luft.

„Ich hab's!", rief Lana und ließ damit alle erstarren. „Sie ist offen. Nur noch einen Moment... "

Vorsicht! Sie schnappt wieder zu, wenn du nicht die Sperre umlegst, warnte Josie.

Ja, und ob Lana vorsichtig sein würde. Sie schob einen Finger – den sie unbedingt behalten wollte – unter den Rahmen und drückte auf den Hebel. Rostflocken spritzten weg, als sie ihn an seinen Platz schob, aber er hielt.

Vorerst.

„Okay, ich hab's", murmelte sie laut.

Der gefangene Puma wimmerte unwillkürlich, denn ein Scharnier der Fallenbacken steckte immer noch in seinem Bein.

„Scheiße", entfuhr es Lana.

Der Puma sah sie mit flehentlichen Augen an.

Sie konnte die Wahrheit schönfärben oder einfach Tacheles sprechen. „Das wird wehtun."

Das Maul des Pumas verzog sich, und sie konnte beinah seine Gedanken hören. *Es tut schon weh. Mach es einfach.*

Sie nickte. „Pass nur auf, dass du mich nicht umbringst, okay?"

Ohne eine Antwort abzuwarten, drehte sie sich um und stemmte den Fuß gegen einen Stein. Nicht besonders besonnen, wenn man bedachte, dass der Kater ihr mit einer falschen Bewegung das Genick brechen konnte. Aber wenn er ihr vertraute, musste sie ihm auch vertrauen. Es half, dass Josie wieder knurrte und den Puma warnte, besser nicht zucken.

Lana tastete mit den Fingern an den Klauen der Falle entlang und zog daran, ohne auf den gedämpften Schrei des Pumas zu achten. Ein schreckliches reißendes Geräusch ertönte, Haut dehnte sich, und etwas funkelte im Mondlicht. Die Falle fiel ab und landete mit einem dumpfen Klirren auf dem Boden. Der Puma war befreit.

Keuchend rollte sich Lana weg, als sich die beiden anderen Pumas anpirschten. Acht pelzige Füße mit zu vielen tödlichen Krallen, um sie zu zählen, direkt auf Augenhöhe. Zwei peitschende Schwänze. Vier glühende Augen und zwei trübere, aus denen eine Mischung aus Schmerz und Dankbarkeit sprach. Eine kalte Wolfsnase, die gegen ihr Gesicht drückte.

Zurück! Schnell! jaulte Josie.

Lana rappelte sich auf und eilte ein paar Schritte weg. Die Pumas sahen zwar nicht so aus, als würden sie ihr etwas antun wollen, aber selbst ein versehentlicher Kratzer von einer so großen Katze konnte verheerend sein.

Der stämmige Kater hielt mit angespanntem Körper Wache, während der andere winselte und den Verletzten abschleckte, wie es Lana bei einem Rudelkameraden getan hätte.

„Braves, Kätzchen", murmelte sie.

Der Kater bleckte die Zähne, zog aber die Krallen ein.

Der zweite Puma half dem Jüngsten mit der Schnauze auf drei wackelige Beine, dann drehte er sich Lana zu. Sie stand neben Josie und wusste nicht recht, was als Nächstes passieren mochte. Würden sie nach einem Plätzchen zum Ausruhen und Heilen fragen? Würden sie knurren? Vor Dankbarkeit auf die Knie fallen?

Die Pumas nickten erst Lana zu, dann Josie, so tief, dass es einer Verbeugung nahe kam. Dann brummten sie sich gegenseitig an, wandten sich ab und gingen. Der große Kater verließ die Senke als erster, beschleunigte die Schritte und verschwand schnell außer Sicht. Sein humpelnder Bruder folgte ihm, während der dritte das Schlusslicht bildete und die Anhöhe langsamer erklomm.

Lana rechnete damit, dass sie wie der andere über den Kamm verschwinden würden, aber sie hielten an und drehten sich noch einmal um. Zwei gelbe Augenpaare leuchteten von oben herab. Erleichterte, dankbare Augen. Aus ihnen sprach: *Daran werden wir uns erinnern. Wir werden es nie vergessen.*

Sie wandten sich wieder ab und verschwanden, zwei Schatten in der Nacht.

Josie trabte zu einer hochgelegenen Stelle, um sich zu vergewissern, dass sie wirklich gingen, denn bei unbekannten Gestaltwandlern konnte man nie vorsichtig genug sein. Lana setzte sich mit dem nackten Hintern auf den Boden und sagte ihren Händen, dass es keinen Grund zum Zittern gab. Während ihrer Mission war wie hart geblieben – kein Grund, jetzt weich zu werden. Aber es hätte so oder so ausgehen können, und das wusste sie.

Nach ein paar tiefen Atemzüge bekam sie sich wieder in den Griff. Josie trabte zurück an ihre Seite.

Wir haben es geschafft.

Sie lächelte. „Und ob.“

Eine Weile blickten sie blinzelnd ins Leere, während sie alles verarbeiteten.

„Bei der nächsten Begegnung mit unheimlichen Gestaltwandlern will ich dich auf meiner Seite haben, okay?“, murmelte Lana.

Josie kicherte. *Als würde wie ich je auf einer anderen Seite stehen.*

Lana hob den Kopf zu den Sternen. Die letzten Jahre war Tyler ihr Fels in der Brandung gewesen, aber sie hatte zudem ein ganzes Rudel, auf das sie sich verlassen konnte. Freunde, die mit Zähnen und Klauen für sie kämpfen würden und bereit wären, das Richtige zu tun. Ein bisschen wie die Pumas, dachte sie. Aber die drei Kater bildeten nur ein winziges Dreierrudel, während sie eine ganze Meute hatte.

Sie konnte sich glücklich schätzen. Lana dachte an ihr Haus, ihr Baby, ihren Gefährten. Gute Nachbarn, eine florierende

Ranch. Sie schüttelte den Kopf. In den letzten Jahren hatte sie wirklich so viel Glück gehabt. Sie wünschte, sie könnte ein wenig davon für die Pumas spenden.

„Meinst du, die Pfote wird heilen?"

Josie verzog das Gesicht. *Wollen wir es hoffen. Wenn sie schlau sind, verkriechen sie sich irgendwo außerhalb des Rudelgebiets und lecken die Wunde sauber, bevor sie ihn ausruhen lassen.*

„Was glaubst du, wohin sie gehen werden?"

Josie deutete mit dem Kopf erst in die eine, dann in die andere Richtung. *Utah, vielleicht? Colorado?*

Lana dachte an das felsige Gebiet, das sie in den Bildern gesehen hatte, dann seufzte sie. Hoffentlich würden die Pumas einen solchen Ort finden. Ein Zuhause.

Zuhause. Lana schnupperte. Sie hatte ihres schon, und es rief nach ihr.

Sie rollte sich auf die Hände und Knie, krümmte den Rücken und ließ ihre Wölfin wieder heraus. Es bestand kein Grund, nackt nach Hause zu laufen, wenn sie es auch auf allen vieren tun konnte.

Bereit für den Rückweg? fragte Josie, die sich bereits in Bewegung gesetzt hatte.

Und wie, antwortete Lana. *Und wie.*

Kapitel 7

Das Baby lag im Kinderbett. Die leise Atmung zeigte an, dass die Kleine schlief. Tyler stand auch kurz davor, aber er wollte nicht eindösen, bevor er Lana zurück wäre. Er saß mit zurückgelehntem Kopf auf der Couch. Trotz aller Bemühungen fielen ihm immer wieder kurz die Augen zu.

Er musste doch tiefer geratzt haben, als er gedacht hatte, denn er erwachte durch die Lippen seiner Gefährtin, die zart die seinen küssten.

„M-mm", murmelte Lana und beugte sich näher.

Sie stützte sich zu beiden Seiten mit den Händen ab und lächelte. Er griff nach ihr und fand ihre nackte Haut so warm wie immer kurz nach einer Verwandlung vor.

„Bist du gerade nach Hause gekommen?", fragte er, als der Kuss endete. Er konnte einen Hauch von Baby an ihr wittern. Was bedeutete, dass Lana bereits nach Tana gesehen und ihr einen Gutenachtkuss gegeben hatte.

„M-hm." Sie schmiegte sich an seine Kieferpartie. „Zu dem hier komme ich immer gern zurück."

„Zu was?"

Ihr Lächeln glich einer mitten in der Nacht aufgehenden Sonne. „Zu meinem auf der Couch dösenden Dornröschen."

„Wer hat hier gedöst?", protestierte er.

„Na du." Kichernd deutete sie mit dem Kopf zum Kinderbett. „Und zu meinem anderen Dornröschen, das da drüben ratzt. Hattet ihr einen schönen Abend?"

Er dachte zurück an die rastlosen Runden durchs Haus und die auf der Terrasse mit dem Betrachten der Sterne verbrachte Zeit. Bei der Erinnerung an Audreys unerwünschten Besuch und Lance' willkommene Hilfe verzog er das Gesicht.

„Klar. Kinderspiel.“

Lanas Schultern entspannten sich, als sie sich wieder über ihn beugte und sein Gesicht mit zarten Küssen sprenkelte. Seine Stirn, seine Schläfe, sein Augenwinkel.

„Du schnurrst, Wolf“, murmelte sie auf dem Weg zu seiner Wange.

„Das ist deine Schuld.“ Er zog sie auf seinen Schoß. „Wie war dein Abend?“

„Äh... cool.“ Durch ihr leichtes Zögern fragte er sich, was los gewesen sein mochte. „Ich erzähle dir morgen davon. Jetzt will ich erst mal nur das.“

Lana küsste ihn innig auf die Lippen. Tyler hatte noch kaum je einen plumperen Ablenkungsversuch erlebt, aber verdammt, es funktionierte. Bei all der nackten Haut, die sich unter seiner Berührung wärmte, und ihrer Zunge an seiner hatte er nicht vor, Fragen zu stellen. Nicht, wenn *das* die Alternative war.

Ihre Hüften tänzelten über seinen. Der satte Geruch von Lust sickerte in ihren süßen Duft und erweckte dieselben Gefühle in seinem schläfrigen Körper.

Lana löste sich von seinem Mund. „Bist du müde?“ Sie strich mit der Hand über die harten Erhebungen seiner Brust hinunter zu seinem Bauch und legte damit jeden Schalter in ihm um.

„Kommt drauf an.“ Er knabberte an ihrem Schlüsselbein.

Sie kicherte. „Worauf?“

„Darauf, wonach dir der Sinn steht.“

„Oh.“ Lana seufzte, streckte sich und tat so, als gähnte sie, lenkte damit seinen lustvollen Blick auf ihre nackte Brust. „Ich weiß nicht.“ Ihre Nippel hatten sich kess aufgerichtet und bettelten förmlich um seine Lippen.

„Nicht müde“, entschied er in tiefem, rauem Ton.

„Gut. Dann kann ich ja ruhig das machen.“ Langsam befreite sie ihn von seinen Boxershorts.

Und einfach so verflüchtigte sich die letzte Müdigkeit.

„Vielleicht sogar das.“ Er zog sie rittlings auf sich.

Kaum rutschte sie auf seinen Schoß, zuckte sein Schaft an ihrer Scham.

„Und das…" Sie drückte sich näher.

Was ihm zwei Möglichkeiten eröffnete: den Kopf an die Couch zurücklehnen und sie machen lassen, oder noch ein wenig Vorspiel, bevor es ans Eingemachte ginge.

Ans Eingemachte, verlangte sein Wolf grollend.

Er drängte das Tier zurück. Tyler wollte es noch hinauszögern. Er hielt die Hüften seiner Gefährtin fest, aufreizend nah, aber nicht zu nah, jedenfalls noch nicht, denn er hatte ihre Nippel auf Augenhöhe, und was war das für ein schöner Anblick.

„Vielleicht können wir ja damit anfangen."

Lana stöhnte, als er sich einen Nippel in den Mund saugte und ihn zärtlich mit den Lippen bearbeitete. Der Geschmack seiner Gefährtin glich einer Droge, die alles in ihm aufwühlte. Sie packte ihn an den Schultern, lehnte sich zurück und öffnete sich ihm vollständig. Er schrammte mit den Zähnen über ihre weiche Haut, und der Duft ihrer Lust schwoll an.

„Tyler", stieß sie stöhnend hervor.

Gott, er liebte es zu beobachten, wie seine sonst so nüchterne, ruhige, gefasste Gefährtin außer Rand und Band geriet.

„Ich glaube, das gefällt dir zu sehr", murmelte sie und fuhr mit den Fingern durch sein Haar.

Er hielt kurz inne, um zu antworten. „Zu sehr? Unmöglich."

„Du liebst es, mich verrückt nach dir zu machen."

„Willst du, dass ich aufhöre?"

„Nein!", entfuhr es ihr, und er musste grinsen. „Hör nicht auf." Schmunzelnd zog sie seinen Kopf zurück, wo er hingehörte.

Scherz nicht mal darüber, aufzuhören, warf sein Wolf knurrend ein. *Das ist nicht lustig.*

Dummer Wolf. Er schnaubte. Tyler würde tun, was immer ihm passte, solange sich seine Gefährtin gut dabei fühlte. *Still jetzt, ich muss mich konzentrieren.*

Der Wolf seufzte und fügte sich, ließ Tyler die glückseligen Geräusche genießen, die seine Gefährtin von sich gab.

„Ja", spornte Lana ihn an und neigte die Hüften näher.

Einem solchen Ruf konnte man unmöglich widerstehen. Tyler zog an ihren Hüften. Sie glitt auf ihn und hielt den Atem an, bis sie die Luft mit einem lustvollen Seufzen ausstieß. „Gott, ist das schön."

Seine Lider senkten sich auf halbmast, während er darin schwelgte, wie feucht und eng sie sich um ihn herum anfühlte. Die Frau war so perfekt, manchmal bewirkte sie sogar, dass er sich perfekt fühlte.

Sie wiegte sich, nahm ihn tiefer auf, dann saugte sie einen mächtigen Atemzug ein. „Noch besser."

Er stieß zurück, drang tiefer ein, und seine Augen glitten zu, um das Gefühl voll auszukosten. Als er die Lider wieder öffnete, hatte Lana ein verruchtes Grinsen im Gesicht.

„Pass auf, Alpha." Sie reizte seine Brustwarzen mit den Fingerspitzen.

„Pass du auf...", begann er, dann stöhnte er, als Lana die inneren Muskeln um ihn herum abwechselnd anspannte und lockerte.

Diesmal war es sein Wolf, der stöhnte. Na ja, vielleicht auch sie beide.

„Gut?", fragte Lana kokett.

„Verdammt, ja."

Also wiederholte sie es mehrfach, bis er derjenige war, der völlig außer Rand und Band geriet.

„Wir beide", flüsterte sie, als sie das verstreute Chaos seiner Gedanken las. „Wir lösen uns gerade beide völlig auf."

Tyler zog sie näher und stieß wieder in sie. Er verfiel in einen steten Takt, mit dem er sie beide in kürzester Zeit zum Keuchen und Japsen brachte. Sie gerieten nicht bloß außer Rand und Band, sondern verfielen in einen wahren Orkan der Leidenschaft. Lana packte seine Schultern, umklammerte seinen Rücken und gab alle möglichen spitzen Laute von sich, Kontrapunkte zu seinem tiefen, dumpfen Grollen. Von Zeit zu Zeit streiften ihre Nägel über seine Haut, was die Intensität der Empfindungen nur noch steigerte.

„Tyler..." Sie schlang sich fester um ihn, innen wie außen.

Damit schraubte sie ihn zu einem jener Höhenflüge empor, die nur Lana ihm bescheren konnte, und er umklammerte sie, während ihre Körper die letzten Reserven aus sich herausholten. Lana schrie auf und presste die inneren Muskeln noch einmal zusammen, dann kam auch Tyler, ergoss sich in ihr und stieß knurrend ihren Namen hervor.

Und danach kuschelten sie, lachten leise und murmelten Dinge, die keinen Sinn ergaben und keinen ergeben mussten.

Lana seufzte an seinem Hals, befriedigt erschlafft und warm. „Das sollten wir vielleicht bei Gelegenheit wiederholen."

Darauf, dass sie nachts ausging, um wer weiß was für Abenteuer zu erleben, war Tyler nicht besonders scharf. Aber die Vater-Tochter-Zeit mit hatte er genossen, und *das hier* war unbestreitbar das Sahnehäubchen auf dem Kuchen gewesen. Ob sie es bei Gelegenheit wiederholen sollen?

Verdammt, ja! rief sein Wolf.

Er schlang die Arme um Lana und küsste sie mit aller Leidenschaft, die in ihm steckte. „Klar", murmelte er. „Auf jeden Fall."

Sie lächelte und brummte mit dem nächsten Kuss. „Auf jeden Fall."

Teil 4: Eine sehr gründliche Rasur

Alphawolf Tyler Hawthorne hat das Gefühl, nie eine Pause von den ständigen Anforderungen der Führung seines Rudels zu bekommen. Nicht, solange ein Vampir sein Unwesen treibt und sich sein Bruder Hals über Kopf in eine verbotene Liebe stürzt. Aber wenn die richtige Frau mit einem kessen Lächeln und einem siedend heißen Plan antanzt, drängt das Verlangen die Pflicht zurück – und sei es nur für einen prickelnden Nachmittag.

Diese Kurzgeschichte spielt einige Jahre nach Teil 3: Zufällige Begegnungen und parallel zu den Ereignissen von Verlockung des Alphas, *Buch 3 der* Twin Moon Ranch *Reihe, in dem Tylers Bruder Cody seiner vom Schicksal auserkorenen Gefährtin begegnet.*

Kapitel 1

„Bis dann, Daddy!"

Tyler umklammerte den Türrahmen, um nicht hinter seiner Tochter herzulaufen. Er konzentrierte sich darauf, seiner Stimme einen ruhigen Klang zu verleihen. „Bis dann, Möhrchen."

„Grüß mir die Pferdchen!" Lana stand an seiner Seite und täuschte ihr Lächeln entschieden besser vor als er.

Sie stupste ihn mit dem Ellbogen in die Rippen, und er rief wie auf ein Stichwort: „Ja, grüß sie schön."

„Tschüss!" Tana winkte noch einmal.

Normalerweise würde Tyler der lustigsten kleinen Zweijährigen der Welt dabei zusehen, wie sie auf dem Weg zum Füttern der Pferde neben ihrer Urgroßmutter vor sich hin tänzelte. Aber heute...

Ein Knurren drang aus seiner Kehle. Heute war kein normaler Tag.

Vor nicht allzu langer Zeit hätte er bei der Nachricht von einem entfernten Mord nur den Kopf geschüttelt und dann sein Leben weitergeführt. Aber neuerdings war alles anders.

„Pferdchen füttern! Pferdchen füttern!" Tanas Stimmchen hallte den Weg entlang.

Ja, alles war anders. Tyler ging die Neuigkeit nicht aus dem Kopf.

Eine junge Weiße. Mehrere Schnittwunden. Anzeichen auf Vergewaltigung.

Herrgott, war die Welt ein kranker Ort. Es spielte keine Rolle, dass sich der brutale Mord Hunderte Meilen von der Twin Moon Ranch entfernt ereignet hatte. Irgendwie fühlte sich alles Böse zu nah an.

„Ihnen passiert nichts", murmelte Lana und streichelte sein Ohr.

Er beobachtete Tana noch kurz, dann zog er seine Gefährtin in eine Umarmung und tat so, als wäre die Geste mehr für sie als für ihn. Natürlich wusste er, dass Tana und seinen Rudelkameraden nichts passieren würde. Dafür hatte er gesorgt, indem er die Bewachung der Ranch verdoppelt hatte. Seine besten Männer lagen unauffällig im Gestrüpp der Landschaft an allen Ecken der Ranch auf der Lauer und achteten mit Augen, Ohren und Nasen auf jedes Anzeichen von Gefahr. Auf vernünftiger Ebene gab es also keinen Grund zur Sorge.

Allerdings wurde sein Leben nicht mehr so sehr von rationalem Denken bestimmt wie früher. Denn er hatte eine Tochter und eine Gefährtin und genug Fantasie, um sich alle möglichen schrecklichen Dinge auszumalen, die seinem verkrampften Bauch überhaupt nicht gefielen.

„Du musst aufhören, dir Sorgen zu machen, Liebster", flüsterte Lana.

Aufhören, sich Sorgen zu machen? Tyler war der Alpha des Rudels. Er hatte eine Tochter. Und die umwerfendste Gefährtin der Welt. Natürlich sorgte er sich.

„Und ich weiß genau, wie ich dich dazu bringe." Lanas unartiges Zwinkern ließ ihn die Augen weiten.

„Wirklich?"

Sie setzte ein breites Lächeln auf und ergriff seine Hand. „Hier entlang, mein Gefährte. Hier entlang."

Sie führte ihn durchs Haus auf die hintere Terrasse und zeigte dort auf einen Stuhl.

„Setz dich."

Als er protestieren wollte, drückte sie ihn regelrecht nieder. „Setz dich einfach."

Er rieb sich das Kinn. Was führte Lana im Schilde? Und Herrgott, hatte er schon wieder vergessen, sich zu rasieren? Seine Hand juckte bei der Berührung seiner Kieferpartie.

Lana verschwand zurück ins Haus. Als sie kurz darauf wieder auftauchte, wirkte sie unheimlich selbstzufrieden. Sie hatte ein weißes Handtuch über einer Schulter, einen Becher in einer Hand und etwas Kleines, Dünnes in der anderen.

„Ich habe genau, was du brauchst, Alpha", säuselte sie mit dieser lieblichen Einschlafstimme, die bei quengelnden Babys wahre Wunder wirkte – und ja, gelegentlich auch bei ihm.

Trotzdem drang ein leichtes Grollen in seiner Stimme durch. „Und das wäre?"

Sie zeigte ihm den Gegenstand in ihrer linken Hand. „Das."

Er kniff die Augen zusammen. Ein Klappmesser?

Sie schob einen Fingernagel in einen Schlitz und klappte ein Rasiermesser auf. Eines der altmodischen Art.

„Ich dachte mir, du könntest eine schöne, gründliche Rasur gebrauchen."

Noch bevor sein Verstand die Idee verarbeitete, spürte er, wie ein Grinsen seine Wangen spannte. Eine feine, gründliche Nassrasur? Von der er schon eine ganze Weile träumte?

Ein Anflug von Wärme erfüllte seinen Körper.

Lana rührte etwas in der Schüssel um und summte dabei leise. Es handelte sich um dieses besondere Summen, das von seinen Schultern abprallte und mit jedem Ton winzige Splitter seiner Sorgen davontrug.

„Okay, lehn dich zurück." Sie drapierte das Handtuch um seinen Hals. „M-m." Lana deutete an, dass er die Lippen zusammenpressen sollte, und hielt einen eingeschäumten Pinsel hoch. „Mund zu."

Verdammt, sie meinte es ernst.

Sein Herz setzte einen Schlag aus, dann schlug es ein wenig schneller.

Lana beugte sich vor und begann, sein Kinn mit zarten, kreisenden Bewegungen einzuschäumen. Ihre blauen Augen folgten dem Pinsel, hin und her, hin und her. Es fühlte sich an, als beobachtete er Sonnenlicht, das im Frühling auf dem Bach funkelt.

Berauschend, sogar mit geschlossenem Mund. Und dabei waren sie erst beim Einseifen.

Lana verfiel in einen gleichmäßigen Rhythmus, und seine Lider senkten sich ein wenig. Weiter und weiter, bis sie schließlich zufielen. Tyler beließ es dabei. Nach und nach verblasste alles bis auf Lanas so nahen Duft. Seine Gefährtin, die sich mit Leib und Seele um ihn kümmerte.

Ein sanfter Sonnenstrahl wärmte ihm die Wange, als sich Lana wegbeugte, um die Klinge abzustreifen. Ein leises, gleichmäßiges Gleiten, dann eine Pause, als sie die Klinge drehte, gefolgt von etwas höheren Lauten. Das Gleiten von Stahl über Leder sollte sich nicht so beruhigend anfühlen, tat es aber.

Dann rückte sie näher – so nah, dass ihr Arm seinen berührte – und beugte sich wieder zu ihm.

„Gut so?"

„Ja, Ma'am."

Mehr als gut. Tatsächlich hatte er sich kaum mehr so gut gefühlt, seit das Schreckgespenst eines blutrünstigen Vampirs in seinem Teil der „Four Corners" genannten Region des Grenzgebiets von Arizona, New Mexico, Colorado und Utah aufgetaucht war. Natürlich trieb sich die Gefahr immer noch da draußen herum, aber Lana hatte recht. Seine Familie war auf heimischem Boden in Sicherheit, und er konnte sich nicht jede Minute an jedem Tag wegen Vampiren sorgen. Cody und Kyle kümmerten sich darum, also konnte er ruhig loslassen, zumindest für die nächste Stunde oder so.

Eine intime Stunde mit seiner Gefährtin. Wann hatte er sich zuletzt eine solche Pause gegönnt?

Er lehnte sich auf dem Stuhl zurück und ließ Lanas Atem seine Wange kitzeln. Als er die Lider einen Spalt öffnete, konzentrierte sich seine Gefährtin ganz auf seine Haut. Seine Brust hob und senkte sich, sein innerer Wolf schnurrte.

Mmm. Schön.

Seine Augen begaben sich auf eine kleine Reise und schweiften über Lanas schlanke Kurven.

Gefährtin. Sein Wolf nickte zustimmend. *Unsere Gefährtin.*

Sie trug eines dieser figurbetonten Tanktops. Blau, genau wie ihre Augen. Verschlagene, kesse Augen, die besagten, dass sie einen geheimen Masterplan hatte.

Er sah sie mit hochgezogener Braue an. „Was hast du vor?"

„Ich rasiere nur meinen Gefährten", erwiderte sie allzu unschuldig.

„Nur rasieren, hm?"

Sie nickte und stellte sich mit gespreizten Beinen über seine Oberschenkel.

Eine alte Fantasie huschte durch seinen Kopf. Sie begann mit Lana und ihm in genau dieser Position und endete damit, dass sie wenig später die Laken in Brand setzten.

Ja, dieser Fantasie würde er sich nur zu gern ein Weilchen hingeben. Und Lana wohl auch, wenn man nach dem süßen Duft ihrer Lust ging, der die frische Herbstluft würzte.

„Jetzt halt still", befahl sie und brachte die Klinge in Anschlag.

Der Alphawolf in ihm hätte sofort rebellieren sollen. Stattdessen gebärdete er sich wie ein Welpe, der sein Frauchen erfreuen wollte. Ein Mann konnte nicht rund um die Uhr den unerbittlichen Anführer mimen. Ein kluger Alpha lernte, zwischendurch auch mal loszulassen.

So wie jetzt. Tyler leckte sich über die Lippen und erwischte dabei einen kleinen Klecks Rasierschaum. Schmeckte überraschend fade, nicht seifig, wie er erwartet hatte.

„Warte, lass mich das machen", murmelte Lana, bevor sie sich zu einem Kuss zu ihm senkte.

Lavendel, Honigwabe und Oleander hatten noch nie besser geschmeckt, und Tyler war sich ziemlich sicher, dass nichts davon im Schaum steckte.

„Mmm. Gut." Sie schmatzte mit den Lippen.

Dann neigte sie seinen Kopf zur Seite, zog die Haut straff und kniff konzentriert die Lippen zusammen. Langsam und vorsichtig brachte sie das Rasiermesser in Position und strich damit über seine Wange. Der Stahl fühlte sich kühl an. Ihr Atem roch nach Minze. Ihre Oberschenkel lagen warm an seinen an.

Sie lehnte sich zurück, betrachtete ihr Werk und nickte knapp. Dann wischte sie die Klinge an einem Handtuch ab und setzte sie hoch an seiner Wange an.

Der zweite Strich kam näher. Der dritte noch näher. Der vierte beförderte ihn halb ins Paradies. Tyler schloss die Augen und gab sich dem Gefühl hin wie einem warmen Bad. Die Klinge schabte über seine Haut, entflammte einen Nerv nach dem anderen, und jeder reichte tief und weit, verbreitete kribbelnde Signale durch seinen gesamten Körper. Jede einzelne Faser erwachte zum Leben, bis die Gesamtheit wohlig seufzte.

„Mache ich es richtig?", flüsterte Lana.

Wäre Tyler nicht so trunken vor Glückseligkeit gewesen, er hätte vielleicht laut gelacht. Verdammt, und ob sie es richtig machte.

„M-hm", brummte er mit geschlossenen Lippen.

Als Nächstes massierte sie sein Ohr. Und als sie anfing, an der Stelle zu rasieren, während sie das Ohrläppchen bald in die eine, bald in die andere Richtung zog, hätte Tyler beinah laut geschnurrt.

Sein ganzes Erwachsenenleben lang hatte er den Stoffwechsel des Wolfs verflucht, der innerhalb von Stunden nach jeder Rasur neue Stoppeln sprießen ließ. Aber jetzt...

Wenig später rieb Lana seine Ohren und überprüfte ihr Werk.

„Okay, jetzt hier." Sie zeigte auf seine Oberlippe.

Er legte den Kopf zurück und zog die Lippen ein. Dafür erntete er ein anerkennendes Nicken, das besagte: *Wir sind die totalen Profis, Liebster.*

Sie mochte ein Profi sein – und wo Lana diese besondere Fähigkeit gelernt hatte, wollte er gar nicht wissen. Er hingegen glich eigentlich nur Wachs in ihren Händen.

Sie rasierte mit kurzen, vorsichtigen Strichen und beugte sich dabei näher und näher, bis sie ihn praktisch küsste.

Als Lana das Rasiermesser entfernte, um es abzuwischen, packte er die Gelegenheit beim Schopf. Er schob eine Hand in ihren Nacken, zog sie näher und drückte ihr einen Kuss auf die Lippen. Den seifigsten, glitschigsten Kuss, den sie je hatten. Aber verdammt, selbst das ließ ihn in den Stiefeln mit den Zehen wackeln.

„M-hm." Sie wiegte sich auf seinem Oberschenkel und brachte sein bestes Stück dazu, die Jeans zu strapazieren. „Schön."

Heiß wäre das Wort seiner Wahl gewesen. So heiß, dass die Knochen schmolzen und die Seele glühte. Die Hälfte des Bluts in seinem Körper rauschte in tiefere Gefilde.

Seine Hände hatten gerade begonnen, von ihren Rippen zu ihrem Hintern zu wandern, als sie den Kuss abbrach. Lana schüttelte den Kopf, als wollte sie sich zu Konzentration zwingen.

Sie räusperte sich und warf ihm den Blick zu, den sie sich für begriffsstutzige, aber liebenswerte Hunde vorbehielt. *Böser Tyler. Böser Junge.*

Als könnte er etwas dafür.

„Lenk mich nicht ab", tadelte sie ihn.

Noch nicht, fügte ihre Wölfin hinzu. Er konnte die sinnliche Stimme in seinem Kopf kichern hören.

Ihre Lippen krümmten sich zu einem Lächeln, doch sie wischte den Ausdruck schnell weg.

„Zeit für den Hals." Sie zog das Kinn ein und setzte wieder diesen Ausdruck einer Künstlerin bei der Arbeit auf.

Bevor sie ihn auffordern konnte, lehnte er sich zurück und entblößte für sie die Kehle. Es hatte etwas leicht Erregendes, sich der scharfen Schneide eines Rasiermessers zu unterwerfen, solange sie von der einzigen Person auf der Welt geführt wurde, der er bedingungslos vertrauen konnte. Etwas, das den Instinkt ansprach, zu kämpfen oder zu fliehen, und ihn gleichzeitig vor Spannung knisternd an die Leine legte.

„Immer noch gut?", fragte sie einen Zentimeter von seinem Gesicht entfernt.

Er übermittelte ihr eine stumme Antwort in den Kopf. *Sobald du mit der Rasur fertig bist, zeige ich dir, wie gut.*

Sie grinste, als er ein paar Bilder von ihnen beiden dazu packte, innig ineinander verschlungen.

Die nächste Minute hätte genauso gut eine Stunde sein können, doch es störte Tyler nicht. Baumwolle wischte leise über Stahl. Mit einem Luftzug warf sich Lana das Handtuch über die Schulter und setzte die Arbeit fort.

Tyler schloss die Augen und gab sich neuen Fantasien hin. Zum Beispiel, sämtliche Einwegrasierer im Haus wegzuwerfen und sich für den Rest seines Lebens so rasieren zu lassen. Er würde jeden Morgen aufwachen, mit nackten Füßen auf die Terrasse tappen und den Sonnenaufgang beobachten, während seine Gefährtin ihn mit einer solchen Rasur verwöhnte.

Na schön, vielleicht nicht jeden Tag. Aber verdammt, träumen durfte man ja.

Mit langsamen Bewegungen, um Lana nicht zu stoßen, streifte er die Stiefel und die Socken ab, dann ließ er die kühlen Fliesen seine Füße aufwecken.

Vielleicht hätte er sich mit all dem Spaß, der auf die Rasur folgen könnte, zu einem vollwertigen Ständer geträumt, wenn er nicht um die Ecke des Hauses Schritte gehört hätte.

„Äh, Tyler?" Eine Stimme drang durch den süßen, sinnlichen Nebel, der sich wie eine Decke um ihn gelegt hatte.

Mein Gott, welchen Teil von *Mittagspause* verstanden seine Rudelkameraden nicht?

„Ist mal wieder einer dieser Tage..." Tyler knurrte.

„Rühr dich nicht." Lana entfernte schwungvoll das Rasiermesser und hielt mit einer Hand sein Kinn fest. „Hi, Cody."

Tyler kämpfte gegen das unwillkürliche Wachsen seiner Fänge an, indem er die Zähne zusammenbiss. Verdammt, sein Bruder hatte echt null Gefühl für Timing.

Seinen nächsten Gedanken feuerte er direkt in den Kopf seines Bruders ab.

Eines Tages, Cody, bring ich dich noch um.

Kapitel 2

Cody ließ ein übertriebenes Seufzen vernehmen. *Wann macht ihr zwei denn mal nicht miteinander rum?*

Wann können wir zwei denn mal ein wenig Privatsphäre haben? konterte Tyler.

Eine Minute lang hörte man nur das langsame Kratzen des Rasiermessers über seine Haut und das entfernte Summen einer Biene.

„Wo ist meine Lieblingsnichte?", fragte Cody.

Der Kerl wollte sich einschmeicheln, und Tyler wusste es.

Lana lächelte. „Pferde füttern mit meiner Großmutter." Sie neigte Tylers Kopf zur Seite und bearbeitete seinen Hals auf der anderen Seite, ließ sich nicht beirren.

Was willst du, Cody? Tyler knurrte.

Cody zögerte so lange, dass sich Tyler fragte, was zum Teufel jetzt wieder los war.

„Einen Rat", antwortete er schließlich.

Einen Rat? Seit wann wollte sein Bruder von irgendjemandem einen Rat?

Ein Seitenblick zeigte ihm Cody mit untypisch gerunzelter Stirn, nervösem Ausdruck in den Augen und rastlosen, unsicheren Händen. Wo war der unbekümmerte Typ abgeblieben, der ein Dauerlager auf der Sonnenseite des Lebens aufgeschlagen hatte?

Tyler beobachtete, wie sein kleiner Bruder von einem Bein aufs andere trat und schluckte.

Lana vollführte einen weiteren langen Strich, doch die Magie war verschwunden, und sie wusste es. Sie sah erst Tyler an, dann Cody, und zog sich zurück.

Diese Rasur, Liebster, ist noch nicht vorbei, flüsterte sie in seinem Kopf, als sie sich aufrichtete. *Versprochen.*

Sie drückte warnend seine Hand. Die Geste besagte: *Ach ja, und bring deinen Bruder bitte nicht auf meiner Terrasse um.* Damit verschwand sie wortlos ins Haus.

Heute vielleicht noch nicht, übermittelte er ihr hinterher und wischte sich Rasierschaum von der Lippe. Dann seufzte er und wandte sich seinem Bruder zu. „Du hast zwei Minuten.“

Cody zog sich einen Stuhl heran und ließ sich verkehrt herum darauf nieder. Er holte tief Luft und streckte kurz die Unterlippe vor, bis er endlich die Worte fand, die er suchte.

„Woher hast du gewusst, dass Lana... dass du und sie... Na, du weißt schon...“

Tyler zog eine Augenbraue hoch. *Woher soll ich was gewusst haben?*

Cody druckste noch ein paar Sekunden herum, bevor er es schließlich ausspuckte. „Dass ihr wahre Gefährten seid.“

Oha. Sein kleiner Bruder, der Playboy der Ranch, sprach ein Wort aus, das er sonst scherzhaft als Schimpfwort abtat?

Tyler beugte sich vor und schnupperte, durchforstete die Schichten des Geruchs seines Bruders. Die übliche Note einer Meeresbrise lag darin, außerdem eine kräftige Prise zitroniger Seife und eine dicke Schicht irgendeiner Hautcreme. Unter all dem verbarg sich ein schwacher Hauch von etwas... das nach Erdbeeren roch. Nach Erdbeeren, unschuldig und weiblich. Oh, und menschlich.

Ein Dutzend Alarmsirenen schrillten in Tylers Kopf.

Die Lehrerin, der Cody seit einer Woche hinterhergeiferte. Von *ihr* stammte dieser Geruch. Ein Geruch, der nur allzu sehr mit dem von Cody verwoben war. Was bedeutete, dass sie...

Tyler knirschte mit den Zähnen. „Du weißt, dass sie tabu ist. Du kannst sie nicht haben.“

Dass sein Bruder gelegentlich mit Menschenfrauen herummachte, störte nicht weiter. Aber dass er das Wort *Gefährten* so sehnsüchtig aussprach, während er den Geruch einer Menschenfrau an sich hatte... Tyler schüttelte den Kopf. Auf keinen Fall. Menschen als Gefährten waren tabu. Ausnahmslos. Basta.

„Das war Lana auch", platzte sein Bruder heraus. „Was dich nicht aufgehalten hat."

Einen Moment lang fragte sich Tyler verdutzt, wann Cody ihm je so die Stirn geboten hatte. In Gedanken blickte er auf drei Jahrzehnte ungleicher brüderlicher Koexistenz zurück und entdeckte kein einziges Mal.

Dann vollführten seine Gedanken einen kleinen Seitwärtssprung, und ein Bild von Lana tauchte in seinem Kopf auf. Lana, wie er sie zum ersten Mal gesehen hatte. Damals war seine Welt abrupt zum Stillstand gekommen, bevor sie sich um eine völlig andere Achse weitergedreht hatte. Als Nächstes sah er Lana bei ihrem ersten Kuss in einer magischen Nacht, als die Wüste am schönsten war und seine Sinne in Flammen standen.

Lana hatte als tabu gegolten. Dennoch hätte ihn nichts und niemand davon abhalten können, Anspruch auf seine vom Schicksal auserkorene Gefährtin zu erheben.

„Stimmt, hat es nicht." Dann schüttelte er den Kopf, denn das war etwas völlig anderes. Was wusste Cody schon von Liebe? „Heather ist ein Mensch."

„Ist doch egal", schoss Cody zurück.

„Das würde ich nicht sagen. Und Dad ganz sicher auch nicht." Herrgott, sein Vater würde die Frau in Stücke reißen, wenn er davon erführe.

„Andere Wölfe haben sich auch schon Menschenfrauen als Gefährtinnen genommen", versuchte es Cody.

Da war es wieder. *Gefährtinnen.* Tyler musterte seinen Bruder mit verkniffenen Augen. Seit wann ging ihm das Wort so leicht von der Zunge?

„Andere Wölfe, ja. Aber noch nie einer von uns. Niemals." Die Wölfe der Twin Moon Ranch paarten sich nicht mit Menschen. Eigentlich gar keine Wölfe im Westen.

„Und?"

„Und?", schoss Tyler zurück. Hatte Cody überhaupt an die Konsequenzen gedacht?

Ein Kardinal flog vorbei, ein roter Tupfen in der Wüstenlandschaft. Tylers kleiner Bruder ließ den Kopf hängen. Offensichtlich hatte er es nicht durchdacht. Typisch Cody.

„Halt dich von ihr fern", befahl Tyler. „Konzentrier dich auf den Fall." Die Bedrohung durch Vampire war wesentlich wichtiger als die Frage, auf welche Frau sein Bruder diese Woche Lust hatte.

Cody warf die Hände hoch. „Ich kann mich nicht von ihr fernhalten. Ich kann sie nicht *nicht* sehen. Es ist, als... als würde mir der Wind ihren Duft absichtlich zutragen."

Tyler lag ein Vortrag auf der Zunge. Er stand kurz davor, ihn zu beginnen, wie es ihr Vater tun würde, das wusste er.

Pflicht. Reife. Verantwortung. Die Leier war Tyler eingebläut worden, seit er laufen konnte. Er könnte den Vortrag im Schlaf aufsagen.

Und plötzlich trat er aus einem Bauchgefühl heraus auf die Bremse. Sein Vater hatte ihm denselben Vortrag über Lana gehalten, und er war dafür genauso taub gewesen, wie Cody es sein würde.

Statt zu reden, starrte er seinen Bruder finster an. Und Wunder, oh Wunder, Cody starrte finster zurück.

Niemand tat das. Niemand hielt Tylers Laserblick stand. Na ja, niemand außer Lana, aber seine Gefährtin verkörperte bei jeder Regel eine Ausnahme.

Tyler verstärkte den Blick. Obwohl sich ein Schweißfilm auf der Stirn seines Bruders bildete, weigerte sich Cody, wegzuschauen. Der Kampf in seinen Augen widerspiegelte jede Angst, jede Frustration, die Tyler in jenen unsicheren Tagen – verdammt, Jahren – gehabt hatte, die nötig waren, um seine Gefährtin zu erringen.

„Du meinst es wirklich ernst", flüsterte er.

„Natürlich tu ich das!" Codys Schrei hallte von den Wänden wider und wurde vom Wind davongetragen.

Bei der Überzeugung in den Worten lehnte sich Tyler unwillkürlich zurück.

„Ich liebe sie", betonte Cody und rammte das Wort in den Boden wie eine Flagge.

Tyler brauchte einen Moment, um zu verdauen, was er immer für unmöglich gehalten hatte. Okay, vielleicht meinte es sein Bruder diesmal tatsächlich ernst. Aber dadurch wurde Heather nicht weniger ein Mensch. „Das könnte nicht reichen."

Codys schlug die Augen nieder, suchte verzweifelt auf dem Boden nach einem Fünkchen Hoffnung. Seine Hände verstärkten den Griff um die Sprossen der Rückenlehne des Stuhls, bis das Holz knarrte.

„Pass lieber auf", warnte Tyler. „Wenn du den Stuhl kaputtmachst, bringt dich meine Gefährtin um."

Cody blickte auf seine Hände und löste sie mühsam von dem Möbelstück.

Tyler sah ihn weiterhin scharf an. Er musste wissen, ob es in seinem Bruder steckte, eine solche Schlacht zu schlagen. Sich endlich als Mann zu beweisen.

Irgendwo in der Ferne rumpelte ein Auto vorbei. Eine Kuhglocke bimmelte. Die Blätter der Platane säuselten leise. Und Cody starrte ihn direkt an, weigerte sich, zurückzustecken.

„Wenn es dir ernst ist, hast du meine Unterstützung." Die Worte rutschten Tyler heraus, bevor es ihm bewusst wurde. Prompt schluckte er. Scheiße, hatte er das wirklich gerade gesagt?

Tyler richtete seine kritische Betrachtung auf sich selbst statt auf seinen Bruder und stellte fest: Ja, er meinte es tatsächlich ernst. Er würde seinem Bruder beistehen – wenn sich Cody der Herausforderung stellte.

„Also, was soll ich tun?"

„Was du tun musst." Tyler zuckte mit den Schultern und gab vor, ihn ihm würden keine Erinnerungen aufsteigen. Aber er kannte das Gefühl der Hilflosigkeit, das damit einherging, eine Frau zu lieben, die er niemals haben könnte. Und die Befürchtung, ein langes, einsames Leben zu führen und sich immer wieder zu fragen, was hätte sein können.

Doch irgendwie hatte das Schicksal beschlossen, auf ihn herabzulächeln, und so hatte er seine Gefährtin am Ende gewonnen. Dem Himmel sei Dank dafür.

Mühsam stieß er einen langen Atemzug aus und richtete die Aufmerksamkeit wieder auf seinen Bruder. Dann schaute er ins Haus. Codys zwei Minuten waren um.

Wie auf ein Stichwort erschien Lana mit dem Rasierpinsel in der Hand an der Tür. Und einfach so strömte Frieden zurück in Tylers Seele wie das von der Sonne gewärmte Wasser des Bachs in den Teich draußen.

Gefährtin! jauchzte sein Wolf. *Meine Gefährtin!*

Eine Gefährtin, um die er mit Zähnen und Klauen gekämpft hatte, denn eine wahre Gefährtin verdiente man sich nur auf die harte Tour.

Er sah wieder seinen Bruder an und schüttelte den Kopf. Wenn sich je ein Mann beweisen musste, dann Cody.

Nur für den Fall, dass sein jüngerer Bruder es nicht verstanden hatte, brummte Tyler hinter ihm her, als er aufstand und sich zum Gehen wandte. „Aber Cody?"

Vorsichtig drehte er sich um. „Ja?"

„Wenn du's nicht ernst meinst… " Tyler musterte ihn eindringlich und fragte sich, ob Cody es wirklich durchziehen könnte. „…dann bist du auf dich allein gestellt. Ist das klar?"

Kapitel 3

Cody warf Tyler einen letzten, hoffnungsvollen Blick zu, den
sein Bruder nicht erwiderte. Dann schloss er die Augen und
ließ die Schultern hängen. Schließlich nickte er knapp – *Wir
sehen uns, Bruder*. Damit ging er davon und betrachtete dabei
den Himmel, als könnte er dort die Antwort auf seine Probleme
finden.

Tyler sah ihm nach. Wow – Cody hatte es wirklich schwer
erwischt.

„Hey, Liebster." Lana senkte sich rittlings auf seinen Schoß
und umarmte ihn innig. Sein Herz verfiel in den gleichen Rhythmus wie ihres, und seine Hände legten sich auf ihre Rippen, als
hätten sie die Stelle nie verlassen.

„Liebste", gab er zurück und schmiegte sich mit der Nase
an ihr Ohr. „Also, wo waren wir?"

Er ließ die Hände nach oben und innen gleiten, näherte sich
ihrem Busen. Sie atmete scharf ein, und ihre Brust wölbte sich
seiner Berührung entgegen.

„Mmm", murmelte sie. „Ungefähr da, glaube ich."

Er holte tief Luft, wie er es manchmal bei einem besonders
prächtigen Sonnenuntergang oder an einem besonders perfekten Morgen tat. Oder so wie beim Betreten der Ranch, nachdem er fort gewesen war, denn sein Zuhause war hier, und sein
Zuhause war Lana. Für ihn ein und dasselbe.

„Hmm", murmelte er und küsste ihren Hals.

Der Geruch ihrer Erregung umhüllte ihn und begann, mit
seinem zu tanzen. Gott, war er ein Glückspilz. Lana gehörte
ihm, und so würde es immer sein. Mit ihr hatte er ein erfülltes
Leben statt einer bloßen Existenz. Erinnerungen, über die er
lächeln konnte, eine Zukunft, auf die er sich freuen konnte.

Eine Gefährtin zum Verwöhnen auf die allerbeste Weise, fügte der Wolf in ihm hinzu.

Sie schmiegte sich an seine Kieferpartie. Plötzlich hielt sie inne. „Ich habe eine Stelle übersehen."

Er zog sie enger an sich. Wen interessierten schon ein paar raue Stoppeln?

„M-m." Sie lächelte, nur Zentimeter von seinem Gesicht entfernt. „Ich habe dir eine Rasur versprochen, mein Bester, und die bekommst du auch."

Und danach... Ihre innere Wölfin leckte sich mit einem verruchten Grinsen die Lippen. Tyler konnte das Tier tief in ihren Augen sehen.

Sie rutschte mit den Hüften näher, lehnte aber die Schultern weg. Sein Wolf knurrte im Grenzgebiet zwischen Lust und Protest.

„Ruhe. Schau da rüber." Sie führte seinen Kopf nach links.

Tyler presste gerade noch rechtzeitig die Lippen zusammen, bevor sie seinen Kiefer mit Rasierschaum einpinselte.

„Jetzt halt still."

Sie neigte seinen Kopf nach hinten, und er fügte sich zwar langsam, aber bereitwillig, indem er seine Alphaseite zwang, sich zu unterwerfen.

Hölle und Himmel waren nie näher dran gewesen, denselben Raum einzunehmen. Ihr Körper rief nach ihm, und er konnte nichts tun, musste abwarten.

Verdammt noch mal, Frau... Er schickte ihr den Gedanken in den Kopf, denn die Lippen zu bewegen, wäre in dem Moment Selbstmord gewesen.

„Du liebst das, Alpha." Sie kicherte.

Er auch. Ja, er liebte es.

Er schloss halb die Augen, als sie das Rasiermesser langsam und hörbar über seine Haut kratzen ließ. Irgendwo in der Ferne säuselten die Blätter der Platane in einem leichten Windhauch, und eine kleine Blase des Friedens bildete sich um ihn und seine Gefährtin. Unwillkürlich summte Tyler. Ein Alphawolf sollte es eigentlich nicht genießen, wie ein verdammtes Vorzeigepony gestriegelt zu werden. Aber wie könnte er mit seiner Gefährtin so nah anders empfinden?

„Worum ging es da vorhin mit Cody?" Lana lehnte sich zurück, um ihren letzten Strich zu begutachten, bevor sie zum nächsten ansetzte. Ihre Schenkel glitten über seine, die weiche Erhebung ihres Busens drückte gegen seinen Arm. „Oder sollte ich das lieber nicht fragen?"

Tyler hob die Brust gerade genug für ein leichtes Seufzen. *Frag nicht.*

Sie drückte ihm einen Kuss auf die Stirn, dann beugte sie sich um seine Seite herum und rasierte rechts am Kiefer entlang. Tylers Herzschlag beschleunigte sich ein wenig.

Jetzt musst du aber doch langsam fertig sein, übermittelte er ihr und ließ die Hände über ihre Seiten gleiten.

„Fast", murmelte sie und gab sich cool.

Ihr Atem kitzelte sein Ohr. Ihr langes braunes Haar streifte seine Schulter. In der Welt draußen mochte Chaos herrschen, aber Lana ließ alles überwindbar und sogar eroberbar erscheinen, indem er einfach genug von ihrer Wärme tankte.

Sie begutachtete sein Gesicht wie eine Künstlerin die Farben ihrer Leinwand. Dann nickte sie knapp, zog das Handtuch von ihrer Schulter und wischte den Rasierschaum weg. Schließlich nahm sie sein Gesicht in beide Hände und rieb mit dem Daumen Kreise auf seinen Wangen. Dazu sah sie ihm in die Augen, und ohne das Pochen in seiner Jeans hätte er eine Stunde so verbringen können.

„Schön", murmelte sie und blickte ihn an, als wären alle seine Unzulänglichkeiten und Macken zusammen mit den Stoppeln weggeschoren worden. „Weich."

„Weich?", protestierte er. Kein gutes Adjektiv für einen Alphawolf.

Sie rutschte auf seinem Schoß näher und grinste. „Aber hart an den richtigen Stellen. Und weißt du was? Ich glaube, die Rasur ist so gut wie fertig."

„Fertig?"

Sie wiegte die Hüften gegen seine und grinste. „Nur die Rasur. Der Rest hat gerade erst angefangen."

Kapitel 4

Lana musste sich überwinden, den Griff um Tylers Hemd zu lösen. Wenn sie doch nur vom vollständig bekleideten Sitzen auf dem Schoß ihres Gefährten direkt in den vollständig nackten Zustand wechseln könnte. Es war einer jener Augenblicke, in denen es praktisch gewesen wäre, Kleidung auf magische Weise einfach verschwinden zu lassen. Nur funktionierte es leider nicht so.

„Gute Idee", murmelte Tyler. Seine Stimme senkte sich eine Oktave, was eine weitere Hitzewelle durch ihren Körper jagte. Eine kraftvolle Mischung aus Lust und Liebe für den Mann, der sie mehr werden ließ, als sie allein je sein konnte. Eine bessere Frau. Eine bessere Gefährtin. Eine bessere Mutter.

Eine bessere Liebhaberin, fügte ihre Wölfin hinzu und leckte sich die Lippen.

Sie dachte, Tyler würde sie von seinem Schoß gleiten und sich von ihr ins Haus führen lassen. Stattdessen hievte er sich schwungvoll mitsamt Lana auf die Beine, die sich wie ein Koala-Baby an ihn klammerte.

Nein, eher wie eine lustvolle Koala-Mama, die viel zu viel Zeit allein im Busch verbracht hatte. Sie stupste sein Ohr mit der Nase, dann klemmte sie sich sein Ohrläppchen zwischen die Lippen und knabberte zärtlich daran. In letzter Zeit hatten sie zu viel Arbeit und zu wenig Spaß gehabt.

Ein Stöhnen vibrierte durch seinen Körper. „Du bringst mich noch um, Frau."

„Du liebst das, Alpha."

Kaum befanden sie sich drinnen, drehte er sich um und drückte Lana gegen die Wand. Hart und heiß presste sich sein Körper an ihren, fast – aber nicht ganz – zu kräftig. Kräftig genug, dass sich ihre Brustwarzen zu festen Spitzen aufrichteten. Kräftig genug, um ihr Höschen feucht werden zu lassen.

„Halt dich fest", stieß er mit rauer Stimme hervor.

Die Worte drehten erregende kleine Runden durch ihr Innerstes.

Sie verstärkte die Umklammerung ihrer Beine um seine Taille. Seine Hände entfernten sich von ihrem Hintern, zogen den Saum ihres Shirts aus der Hose und zerrten es ihr vom Leib. Eine Sekunde später warf er ihren BH beiseite und breitete die Hände weit aus, behielt die Daumen direkt unter ihren Brüsten, während sich seine Finger um ihre Rippen streckten. Große, kräftige Alphahände, die erheblichen Schaden anrichten konnten – oder himmlisches Vergnügen bereiten.

„Und jetzt... " Sein Murmeln versprach Letzteres. Und er lieferte es, bis Lana vor Verlangen stöhnte.

Er lehnte die Stirn an die Wand und ließ die glatte Wange über ihre streichen, während seine Finger weiter kräftig kreisten. Der frische, minzige Duft von Rasierschaum vermischte sich mit seinem erdigen Arizona-Geruch und trieb Lana näher und näher an die totale Sinnesüberlastung.

„Tyler... ", flüsterte sie und wiegte die Hüften gegen seine.

Die Augen ihres Gefährten funkelten, als er sie erneut küsste. Ein kurzer Kuss, der besagte: *Mach dich bereit*. Dann trug er sie quer durch den Raum und senkte sie behutsam auf den Wohnzimmerboden. So heiß, wie ihr wurde, hätte man meinen können, dass im Kamin ein tosendes Feuer knisterte.

„Ausziehen, Alpha." Sie zeigte mit dem Finger auf ihn, als hätte sie das Sagen und würde nicht oben ohne flach auf dem Rücken liegen und sich ausmalen, was als Nächstes folgen würde.

Er richtete sich auf, zog sich das Hemd über den Kopf, und Lana ergötzte sich an den geometrischen Mustern der harten Muskeln seines großen Körpers.

Mein, murmelte ihre Wölfin. *Ganz mein.*

„Jetzt du", brummte er.

Sie wollte gerade protestieren, dass die Show, die sie genoss, erst dann zu Ende wäre, wenn er auch die Hose fallen ließe. Andererseits würde sie ihn dazu wahrscheinlich schneller bringen, wenn sie mit gutem Beispiel voranginge.

Also, das könnte Spaß machen, murmelte ihre Wölfin.

Sie lehnte sich zurück und fuhr mit den Fingern über die nackte Haut ihrer Brust. „Reicht dir das nicht?" Sie umkreiste ihre Brustwarzen.

Seine Augen verdunkelten sich vor Begierde.

„Ach, du meinst die hier." Sie fuhr mit den Händen zu ihrer Jeans und spielte am obersten Knopf. „Soll ich die auch ausziehen?"

Mit angespannter Kieferpartie senkte er das Kinn kaum wahrnehmbar.

„Wäre wohl hilfreich, wenn ich es tue." Sie öffnete den Knopf und zog langsam den Reißverschluss auf. Ihren Gefährten so zu quälen, sollte nicht so viel Spaß bereiten, aber was sollte es? Als sie den Kopf nach hinten neigte und die Hüften hob, um die Jeans nach unten zu schieben, blähten sich Tylers Nasenflügel.

Ihr Slip rutschte mit der Jeans runter. Sie trat beides beiseite, bereits berauscht von seinem Geruch.

„Alles erledigt." Sie stützte sich mit den Ellbogen ab. „Halt, warte. Ich will es mir noch bequem machen."

Ihre Beine ruhten unten auf dem abgestuften Wohnzimmerboden, ihr Hintern oben. Sie winkelte ein Knie an und hob das Bein auf die obere Stufe, ließ das zweite folgen und spreizte sich vor den Augen ihres Gefährten.

Eine Ader pochte an Tylers Hals, aber er sagte kein Wort. Er starrte sie nur mit einem Blick an, der zugleich eroberte und Versprechen abgab.

Ich werde dich so sehr verwöhnen. Sein Blick wärmte ihre Haut.

Sie spreizte die Beine ein wenig weiter. *Kommst du, mein Gefährte?*

Sein Blick flackerte, als er sich die Hose runterzog und sich selbst berührte. Dann stand er da und bewegte abwesend die Hand auf und ab.

Gott, sie wünschte, diese Hand wäre ihre. Ihre Finger wanderten nach unten und berührten ihren Körper dort, wo sie sich Tyler als Nächstes vorstellte.

Seine Augenlider sanken auf halbmast, und sie malte sich aus, wie er jede Bewegung, jeden Stoß plante.

Ich werde dort anfangen, besagte sein lodernder, über ihren Körper wandernder Blick. *Und dann dort weitermachen...*

Ihre Haut kribbelte unter seiner leidenschaftlichen Musterung.

„Fängst du bald mal an?", fragte sie. Und verdammt, es drang eher verzweifelt als neckisch aus ihr.

„Pass lieber auf, was du dir wünschst." Er sank zwischen ihren gespreizten Schenkeln auf die Knie. Dann rutschte er näher und näher, beugte sich ihr für einen Kuss zu. Nur ein kleiner Kuss auf ihre Lippen, und schon stand sie in Flammen.

„Tyler..."

Lana wollte es eigentlich wie einen Befehl klingen lassen, wie den Schuss einer Pistole oder den Ruf: *Los!* Aber Tyler schien darauf bedacht zu sein, ihr jeden vorsichtigen Strich des Rasiermessers mit tausend kitzelnden Küssen zu vergelten. Langsam und gleitend zog er seinen harten Körper an ihrem entlang. Unterwegs liebkosten seine Lippen ihre nackte Haut. Erst den gesamten Hals hinab, dann das Schlüsselbein entlang.

„Gott, Tyler..." Lana drehte den Kopf erst zur einen Seite, dann zur anderen, während er sie aufgeilte. „Folter."

Du liebst das, murmelte er in ihrem Kopf.

Vielleicht hätte sie mühsam Worte für eine Erwiderung zusammengekratzt, wenn er nicht so lang und leidenschaftlich an einer Brust gesaugt hätte, dass er damit ihre Gedanken in alle Winde zerstreute. *Ich liebe dich* war das Beste, was ihr einfiel. Wieder und wieder flüsterte sie es in Gedanken, während er sich weiter nach unten arbeitete.

Er küsste die glatte Haut neben ihrem Bauchnabel. *Ich liebe dich. Ich liebe es, wie du aussiehst.* Kurz hob er den Kopf, um seinen Augen einen weiteren genüsslichen Blick auf Lanas Körper zu gönnen. *Ich liebe es, wie du dich anfühlst.* Er kniete sich vor sie und bedachte sie mit einem weiteren lustvollen Blick.

Ich liebe es, wie du schmeckst.

Schlagartig war es um sie geschehen.

Sein Kopf tauchte ab, und ihre Augen rollten nach oben, als er mit der Zunge an ihrer Mitte entlangfuhr, sie mit langen, genüsslichen Zügen leckte.

Es sollte sich nicht so sündhaft gut anfühlen, ausgestreckt und wimmernd mit weit gespreizten Schenkeln auf dem Boden zu liegen, doch Lana wähnte sich im Paradies. Sie krallte die Finger in sein dichtes, schwarz-braunes Haar und verlangte stöhnend nach mehr.

„So gut… "

Seine Zunge machte weiter und weiter. Schon bald kamen auch seine Finger hinzu. Unwillkürlich stemmte sich Lana dem erlesenen Druck, den genau richtigen Berührungen entgegen.

Ich liebe deinen Geschmack, rief er mit knurriger Stimme in ihrem Kopf.

Dann tauchten die Finger, die ihre Pforte gestreichelt hatten, in sie ein, und Lana entrang sich ein lauter Aufschrei.

Komm, meine Gefährtin, brummte Tyler in ihrem Geist. *Ich will dich kommen sehen.*

Sie stand so, so kurz davor. Lana spürte, wie der Güterzug der Leidenschaft Fahrt aufnahm und zu entgleisen drohte. Die Räder drehten sich wild, und Tyler schaufelte immer mehr Kohle in den Kessel, heizte Lana zusätzlich auf. Jeden Moment würde sie aufschreien wie die Pfeife der Lokomotive.

Ein Schauder begann in ihrem Innersten und verbreitete sich nach außen, erfasste einen Muskel nach dem anderen, bis ihr gesamter Körper bebte.

„Tyler!", rief sie. Am Rande nahm sie wahr, dass sie die Fingernägel in seine Schultern bohrte und die Vorhänge in einer leichten Brise nach innen flatterten. Ein Glück, dass ihr Haus so weit von den anderen entfernt lag, denn ihr ekstatischer Schrei setzte sich fort und fort.

Schließlich schwebte sie schwer atmend langsam zurück zur Erde. Dann hob sie gerade rechtzeitig den Kopf, um zu sehen, wie seine feucht glänzenden Lippen über ihren Körper aufstiegen. Seine Augen leuchteten wie Kerzen, flackernde Botschaften von Liebe, Stolz und Versprechen. *Ich werde diesen Altar ewig anbeten,* besagten sie. *Ich werde dich niemals enttäuschen.*

Als könnte ihr Gefährte das überhaupt. Sie wollte es gerade laut aussprechen, als die Küchenuhr durch die Stille des Hauses tickte, und plötzlich kehrte ein Gefühl der Dringlichkeit zurück.

Lana leckte sich über die Lippen und sammelte die verstreuten Ecken ihres Geistes zusammen. „Du bist dran, Liebster. Du bist dran."

Kapitel 5

Tylers innerer Wolf heulte. *Wir sind dran! Wir sind dran!*

Langsam. Tyler versuchte, sein inneres Tier zu beruhigen. *Sachte!*

Ja, er war an der Reihe, und er hätte sich im Handumdrehen von ihrem Körper holen können, was er wollte. Noch vor wenigen Jahren hätte er vielleicht genau das getan. Aber in der Zwischenzeit hatte er das eine oder andere gelernt.

Zum Beispiel? Sein Wolf schnaubte ungeduldig.

Zum Beispiel den Unterschied zwischen *Nehmen* und *Teilen*. Zum Beispiel, wie gut sich seine Gefährtin um ihn herum anfühlen würde, wenn er ihr ein wenig Zeit ließ. Wie eng sie sein würde, wie bereit, es ihm mit eigenen Tricks zu vergelten.

Also arbeitete er sich ihren Körper entlang zurück hinauf, überzog jede Kurve, jede Kontur so sanft wie möglich mit Küssen, bis ihre Körper in einer Linie lagen.

Lana streichelte mit einer trägen Hand über seinen Rücken und brummte mit geschlossenen Augen. *Gefährte. Mein perfekter Gefährte.*

Er grinste. Offensichtlich befand sie sich noch in jenem Wahnzustand unmittelbar nach einem Höhepunkt.

Perfekt, betonte sie und tätschelte seinen Rücken.

Er gestattete seinem Wolf ein wenig Stolz auf ihre Äußerung, als ihre Hitze ihn umfing. Ein Gefühl, in dem er sich gern ausgiebig verloren hätte, wenn es zehn Uhr abends wäre und er sich auf eine lange Nacht an ihrer Seite freuen könnte. Aber es war erst Mittag, und die kleine Tana würde bald vom Pferdefüttern zurück sein. Und danach stand noch eine Menge Arbeit an. Ihm fehlte im Augenblick also schlichtweg die Zeit, genüsslich darin zu schwelgen.

Sehr wohl jedoch konnte er sich in der verbleibenden Zeit einem anderen Vergnügen hingeben.

„Du bist dran", wiederholte Lana und schlang das rechte Bein um seine Wade. Ihre Worte klangen ein wenig schärfer als zuvor, ein Zeichen dafür, wie bereit sie war.

Sein Wolf schnurrte vorfreudig. *Endlich bin ich dran.*

„Dann komm mit", sagte er, wollte sich vom Boden hochstemmen und ihr die Hand reichen, um ihr aufzuhelfen. Das Schlafzimmer lag gleich da drüben, und...

Sie schüttelte den Kopf und zog ihn zurück. „Wer braucht schon ein Bett, wenn ein perfekter Fußboden zur Hand ist? Ein schöner, harter Holzboden", fügte sie mit einem verruchten Grinsen hinzu.

Hart. Ja, darüber wusste er das eine oder andere.

Tyler hob sein Körpergewicht von ihr. „Rutsch zurück." Sie befanden sich immer noch an der Kante der drei kleinen Stufen. „Ich brauche eine ebene Fläche, um... " Er verstummte und versuchte, ein Wort zu finden, das nicht zu derb für seine stilvolle Gefährtin klang.

Dich so hart zu ficken, wie du willst? schlug sein Wolf vor.

„Äh, ich meine... für... "

Lana ließ ihn noch ein wenig stammeln, dann half sie ihm endlich. „Den richtigen Halt?"

„Halt." Er nickte.

„Gefällt mir, wie das klingt."

Mir auch, stimmte sein Wolf zu und beobachtete, wie sie sich neu in Position brachte.

Und danach wurde eine Weile nichts mehr gesprochen, während sich ihre Körper wieder vereinigten. Und wieder und wieder, bis sie beide in heißer, sengender Ekstase kamen. Durch Tylers Ohren toste ein Rauschen, und sein gesamter Körper versteifte sich. Lana kostete wohlig schaudernd den eigenen Höhepunkt mit jeder Faser aus.

Eine Zeit lang hörte man ihrer beider Keuchen. Tyler ruhte erschlafft auf ihr und lauschte den Geräuschen. Dann flüsterte er etwas von Liebe für immer und anderen rührseligen Dingen. Alles Dinge, die er nie in Betracht gezogen hatte, bevor er Lana begegnet war, die mittlerweile den Anker seiner Welt verkörperte.

Er rollte sich ein und behielt sie dicht bei sich, dachte an die jüngere Version seiner selbst, an seinen Bruder und an all die armen Teufel auf der Welt, die das Gefühl der Vollständigkeit nicht kannten, das man durch eine wahre Gefährtin erfuhr. Die Welt strotzte vor schlechten Dingen, aber Lana ließ sie sonniger und heller erscheinen. Wo wäre Tyler ohne sie?

„Mami! Daddy!" Irgendwo vom Weg draußen drang das Stimmchen herein und ließ Tylers Welt prompt noch sonniger und heller werden.

Er konnte sich ein albernes Grinsen nicht verkneifen. „Perfektes Timing."

„Perfektes Timing", murmelte Lana und streichelte seinen Arm.

Nach einem ausgedehnten Kuss löste er sich von ihr und seufzte beim Anblick seiner wunderschönen, befriedigten Gefährtin. Ein Anblick, den er den ganzen Tag bewundern könnte – nur hatte er nicht den ganzen Tag Zeit dafür. Ein aufgeregtes kleines Cowgirl hopste den Weg herunter. Und Tyler sollte seine Tochter besser draußen in Empfang nehmen, bevor sie hereinrennen und *das hier* zu sehen bekommen könnte.

Als er rasch in seine Jeans schlüpfte, fühlte sich der Stoff gerade rau genug an, um einen Kontrast zu Lanas so weicher Haut zu bilden. Er trat auf die Terrasse, als Tana auch schon angerannt kam. Eine Sekunde später warf sie sich ihm in die Arme. Er hob sie hoch, schwang sie im Kreis und genoss den Klang ihres Lachens.

„Wie geht's meinem Mädchen?"

Tana vergrub das Gesicht an seiner Halsbeuge. Ihre kleinen Händchen tätschelten seinen Rücken. Leichter Pferdegeruch haftete an ihrer Haut, vermischt mit einer gesunden Dosis frischer Wüstenluft. Lavendel, Mesquite, ein Hauch von Wüstenblumen, dazu die seidige Note von Babyshampoo. Der Duft von Heimat, von Glück.

Lanas Großmutter Ruth erschien gleich darauf und ignorierte diplomatisch sein zerzaustes Haar und seine nackte Brust.

„Ein schöner Tag, nicht wahr?" Sie zwinkerte.

Tyler grinste und neigte das Gesicht der Sonne entgegen. Es *war* ein schöner Tag. Verdammt, ein wunderschöner Tag sogar.

„So ist es", pflichtete er ihr bei. „So ist es."

Sneak Peek: Verlockung des Alphas

Sie ist auf der Flucht... in die Arme einer verbotenen Liebe.

Heather Luth weiß nichts von der paranormalen Welt, bis eine schreckliche Nacht alles verändert. Mittlerweile ist sie auf der Flucht – direkt in die Arme verbotener Liebe. Ihr Verstand weiß, dass sie sich nicht in Cody Hawthornes sonniges Lächeln und hypnotisierende Stimme verlieben sollte. Aber ihr Herz – und das Schicksal – haben andere Vorstellungen.

Oberflächlich betrachtet ist Cody warmherzig, schlagfertig und witzig. Doch hinter der unbekümmerten Fassade erkennt Heather einen echten Mann, der hervorbrechen will. Tag für Tag kommen sich Heather und Cody näher, können ihrer schwelenden Leidenschaft nicht widerstehen – während sich gleichzeitig ein Serienmörder Tag für Tag näher an seine Beute anpirscht. Pflichtgefühl ringt mit Verlangen und Angst mit Vertrauen, wenn die menschliche und die paranormale Welt in einer Geschichte über verbotene Liebe aufeinanderprallen.

Weitere Titel von Anna Lowe

Die Wölfe der Twin Moon Ranch

Verlockung des Jägers (Buch 1)

Verlockung des Wolfes (Buch 2)

Verlockung des Mondes (Buch 2½ – Vier Kurzgeschichten)

Verlockung des Alphas (Buch 3)

Verlockung der Wölfin (Buch 4)

Verlockung des Herzens: ein paranormaler Liebesroman
(Buch 5)

Weihnachtsverlockung (Buch 6)

Verlockung der Rose (Buch 7)

Verlockung des Rebellen (Buch 8)

Verlockende Begierde (Buch 9)

Aloha Shifters - Juwelen des Herzens

Der Ruf des Drachen (Buch 1)

Der Ruf des Wolfes (Buch 2)

Der Ruf des Bären (Buch 3)

Der Ruf des Tigers (Buch 4)

Die Verlockung des Drachen (Buch 5)

Der Ruf des Fuchses (Buch 6)

Aloha Shifters - Perlen des Verlangens

Drachenrebell (Buch 1)

Bärenrebell (Buch 2)

Löwenrebell (Buch 3)

Wolfsrebell (Buch 4)

Rebellenherz (Buch 5)

Alpharebell (Buch 6)

Töchter des Feuers - Billionaires & Bodyguards

Töchter des Feuers: Paris (Buch 1)

Töchter des Feuers: London (Buch 2)

Töchter des Feuers: Rom (Buch 3)

Töchter des Feuers: Portugal (Buch 4)

Töchter des Feuers: Irland (Buch 5)

Töchter des Feuers: Schottland (Buch 6)

Töchter des Feuers: Venedig (Buch 7)

Töchter des Feuers: Griechenland (Buch 8)

Töchter des Feuers: Schweiz (Buch 9)

Blue Moon Saloon

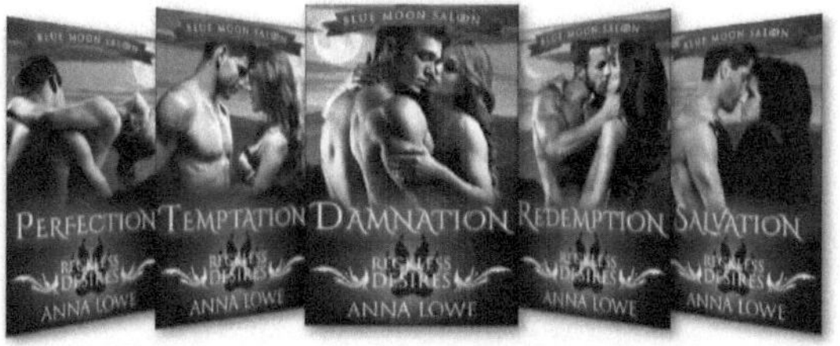

Perfection (die Vorgeschichte in Kurzform)

Damnation (Buch 1)

Temptation (Buch 2)

Redemption (Buch 3)

Salvation (Buch 4)

Deception (Buch 5)

Celebration (ein Festtagsschmaus)

Shifters in Vegas

Paranormal romance with a zany twist. Im englischen Original bei Amazon erhältlich.

Gambling on Trouble

Gambling on Her Dragon

Gambling on Her Bear

Serendipity Adventure Romance

Im englischen Original bei Amazon erhältlich.

Off the Charts

Uncharted

Entangled

Windswept

Adrift

Travel Romance

Im englischen Original bei Amazon erhältlich.

Veiled Fantasies

Island Fantasies

www.annalowe.de